UN PÈRE ET PASSE

Christophe Carrière

UN PÈRE ET PASSE

Michel LAFON

118, avenue Achille-Peretti – CS 70024
92521 Neuilly-sur-Seine Cedex
www.michel-lafon.com

À Juliette

– 1 –

Drôle d'endroit pour un début, mais il est certains tracas, parfois sources de traumas, qui ne laissent guère de choix dans leur lieu d'origine. Aussi, comme tous les jours de sa courte vie, William est-il sur le pot. À l'âge de vingt-deux mois, cela n'a certes rien d'exceptionnel. Mais quand « l'affaire » prend systématiquement une bonne heure, ce n'est pas normal. Assis sur son petit trône en plastique posé dans l'entrée d'un modeste trois pièces parisien, il observe, l'air éploré, sa nounou qui, en ce bel après-midi de juin 1968, l'ignore crânement, comme à son habitude, tout occupée qu'elle est, à quatre pattes sur le parquet du salon, à superviser la reconstitution du puzzle en cubes du petit Simon, trois ans. De temps à autre, elle tourne la tête vers le supplicié, lui lançant un regard sombre qui se passe de tout commentaire : non, il ne bougera pas tant que la commission ne sera pas faite. Le commandement, en plus d'être stupide, est dégueulasse car inique. Parce que dans les faits, si William a des problèmes de transit, c'est bien sa faute à elle, Évelyne Bateau, nourrice discount dont le tarif horaire défie toute concurrence. Il faut dire qu'elle ne se ruine pas sur les menus. Matin, midi et soir, William a droit à une substance qui tient plus de la mélasse que de la purée, mélange à base de pommes de terre, de farine et d'un peu de lait – histoire que ce succédané de plâtre décolle de la cuillère. À ce régime, William a une plomberie intestinale déplorable et un aspect physique désastreux. Son ventre est proéminent, ses jambes sont chétives, son visage est déformé par une joue droite bizarrement gonflée. Ses fonctions motrices sont à l'avenant : il sait à peine marcher et ne s'exprime que par des borborygmes d'autant plus incompréhensibles du fait de son infirmité faciale.

D'aucuns s'apitoieraient sur le sort du malheureux, Évelyne n'en a cure. Vieille fille de quarante-six ans, elle en paraît dix de plus, abîmée par l'aigreur, asséchée par la frustration, ternie par la solitude. C'est pourtant sans mal qu'elle a décroché son statut de gardienne d'enfants, profession reconnue du bout des lèvres en 1964 par un État soucieux de pallier le manque de crèches et de permettre aux mères de famille d'apporter leur contribution aux Trente Glorieuses où le plein-emploi est de rigueur. Une visite de l'appartement, un entretien rapide, un formulaire à remplir... Évelyne Bateau était bonne pour le service. Un contrôle inopiné de la DDASS serait fatal à son agrément de pacotille fièrement encadré sur le mur de l'entrée, mais le manque d'effectifs, la confiance par défaut, une complaisance bien pratique... Les carences du système seront comblées quand on y pensera. Pas maintenant.

Maintenant, Évelyne est aux petits soins pour Simon. Une différence de traitement pour une différence de contexte pour les deux bambins. Le premier est amené chez elle le matin et récupéré en fin d'après-midi. Le deuxième reste à domicile jour et nuit, collé là par une mère qui vient le voir de loin en loin. Elle s'appelle Danièle Mengelat, blonde plantureuse de vingt-deux ans, très occupée par l'épicerie qu'elle tient avec son compagnon, Roger Carbonnier, brun trapu de vingt-six ans. Leur activité professionnelle laisse peu de place au pouponnage, et ils auront bien le temps de choyer leur gamin plus tard. C'est, du moins, ce qu'Évelyne ne cesse de répéter à William, qui ne comprend évidemment rien à ce que l'autre lui raconte. Il la regarde, incrédule, avant de retrouver cet air mélancolique qu'il a chaque fois que Danièle tourne les talons après sa visite éclair mensuelle, sans trop s'inquiéter de l'aspect informe de son fils. De toute façon, elle ne l'a jamais trouvé très beau, alors… Alors la nounou, pas tendre mais pas inhumaine, se sent obligée de justifier ce qui pourrait s'apparenter à un abandon. Qui n'en est pas vraiment un.

Car malgré son attitude inconséquente, Danièle aime beaucoup son enfant. Seulement, il est arrivé à l'improviste alors qu'elle n'avait que vingt ans. Partie de chez ses parents pour vivre avec Roger Carbonnier, elle se déclare fille-mère afin de toucher des aides. Le couple ne roule pas (encore) sur l'or et gratte de l'argent partout où il le peut. D'origine modeste et dépourvus de diplômes, ils ont les dents longues et un féroce appétit d'ascension sociale. Chez Danièle, le goût de l'ambition a la saveur de la colère. Battue par sa mère, abusée par son père, délaissée par ses deux frères, elle ne se plaint jamais de ce passé douloureux et refuse simplement de l'évoquer. D'ailleurs, seul Roger est au courant. Lui n'a subi aucun trauma. C'était au contraire le fils préféré, premier d'une fratrie de trois enfants. Son père, Alfred, ancien combattant, employé de banque, est d'une probité et d'une gentillesse exceptionnelles, si amoureux de sa femme qu'il lui pardonne ses escapades extraconjugales. Roger, d'un esprit assez vif, s'est vite aperçu du caractère volage de sa mère. Très jeune, il lui en a voulu, de même qu'il a toujours tenu Alfred pour un faible, incapable de se faire respecter par sa femme ni même par ses collègues – pour lesquels l'honnête homme a toujours eu beaucoup de respect. Si les chats ne font pas des chiens, Roger est l'exception qui confirme la règle. À croire, au vu de sa hargne et de son éréthisme, qu'il s'évertue, sans doute inconsciemment, à démontrer le contraire de cet adage personnel.

Il n'en est pas moins efficient et efficace. Et il n'a jamais usé aussi utilement de ces deux qualités qu'en ce fameux après-midi de printemps apparemment comme les autres. Ce jour-là, exceptionnellement, le voilà disponible et disposé pour rendre, avec Danièle, une visite surprise à William. Quand il découvre l'enfant sur son pot, l'air apeuré et la mine défaite dans tous les sens du terme, il s'emporte et fustige violemment la nourrice. Laquelle opte pour la meilleure des défenses : l'attaque. Et à habiller sa mauvaise foi d'une blessante vérité, l'incriminée se sent protégée d'un bon droit tout relatif.

– Si vous croyez que c'est avec ce que vous me donnez que je peux le nourrir convenablement ! Et je n'ai pas de leçon à recevoir de parents même pas foutus de venir voir leur gamin une fois par semaine ! Si vous n'en vouliez pas, vous n'aviez qu'à le déposer à l'Assistance publique. Non mais des fois ! Regardez Simon, ses parents me payent correctement, ils s'en occupent très bien et il ressemble à quelque chose, lui !

Emportée par sa verve, l'acariâtre stoppe quand même net sa diatribe et se colle dos au mur quand Roger, le poing levé, s'approche dangereusement d'elle, se retenant *in extremis* à la vue dudit Simon accroché, effrayé, à la jambe de sa nourrice.

– Danou, prends ses affaires, on emmène William loin d'ici.

L'ordre est asséné froidement, les yeux plantés dans ceux d'une Évelyne Bateau tétanisée. Danièle s'exécute, un peu égarée, à la fois assaillie par un légitime sentiment de culpabilité et taraudée par un bête souci pratique : à qui confier cet enfant dont elle ne sait ni ne peut s'occuper ?...

Roger a la solution. Il est même probable qu'il l'avait en tête avant d'arriver, décidé à changer William de foyer au moindre prétexte – sans oser espérer que le « moindre » s'avère si conséquent. En effet, il fréquente depuis peu un certain Tabor Farkas, un quinquagénaire hongrois au passé trouble, arrivé en France il y a une dizaine d'années avec son épouse Amalia. Or, cette dernière est une nourrice réputée. Et autant Tabor est dur et autoritaire, autant Amalia, une petite femme de quarante-quatre ans, est d'une douceur et d'une bonté infinies. Dans sa langue natale, son prénom signifie travail et fertilité. Ceci n'explique pas cela, mais c'est une belle coïncidence : elle se donne sans compter pour les petits dont elle a la charge, et elle couve de tout son amour ses deux enfants, Michel et Patricia, neuf et sept ans.

Si le concept de la famille normale n'était pas un fantasme fabriqué de toutes pièces, les Farkas en seraient le foyer témoin. Là, ils s'apprêtent à passer à table pour déguster les spécialités estivales d'Amalia, une salade harengs-pommes de terre-olives et une soupe de prunes. Un repas froid et c'est heureux, car il n'y a plus qu'à le sortir du réfrigérateur quand Danièle et Roger débarquent avec William dans les bras. La valise en carton accrochée à la main de Danièle ne laisse aucun doute sur la raison de leur venue. Passé les politesses d'usage, Tabor emmène Roger à l'écart. Situé au dixième étage d'un immeuble HLM d'Issy-les-Moulineaux, le quatre pièces-cuisine-salle de bains est aussi banal que fonctionnel. La chambre des parents donne sur la salle à manger, celles des enfants se trouvent au bout du couloir. Tandis qu'Amalia et Danièle restent avec les enfants dans le salon, le conciliabule se tient dans l'espace dévolu à Michel. Tabor débarrasse le lit jonché d'albums des *Schtroumpfs*, Roger libère la chaise d'un électrophone sur lequel est calé *Les Dalton*, le tube du moment de Joe Dassin. Enfin assis, les deux hommes se regardent sans parler, Roger arborant un sourire gêné, Tabor hochant doucement la tête. Celui-ci, conscient de sa position dominante, se décide à briser le silence, de sa voix grave, dans son accent prononcé et son français de bric et de broc avec articles et pronoms en option.

– T'aurais pu prévenir moi quand même.

– C'est un cas de force majeure. T'as vu l'état du gamin ? On pouvait pas le laisser comme ça.

– C'est bien quoi je dis ! T'aurais pu prévenir. T'arrives avec poule pour nous coller môme sans demander toi si on peut loger lui…

– Mais c'est toi qui m'as dit que ta femme cherchait un enfant à garder en plus des deux qu'on lui amène tous les jours…

– Journée, Roger ! Elle garde journée ! Pas nuit ! Si on voulait troisième marmot, on aurait fait ! Et il aurait pas gueule tordue de celui-là.

– C'est rien ça. C'est parce qu'il était nourri n'importe comment. Avec vous, je suis sûr qu'il va reprendre forme humaine. Et tu sais bien que nous, on peut pas s'en occuper. Et puis, tu vas pas cracher sur un peu d'argent en plus.

– Un peu ? Toi pas foutre gueule moi, hein !

Aspiré par le matelas trop mou de son fils, Tabor n'en est pas moins impressionnant. L'homme est une masse surplombée d'une tête ronde à la sévérité accentuée par une calvitie naissante et de profondes rides. Le genre de mec auquel il ne fait pas bon se frotter. Roger en a d'autant plus conscience qu'il connaît par ouï-dire le pedigree de l'animal : une histoire de bagarre au couteau, un mort, un engagement précipité dans la Légion étrangère… La rumeur est vague, mais la photo du bonhomme coiffé du képi blanc avec sa jugulaire, au milieu de portraits de famille sur le buffet dans le séjour, laisse peu de doute quant à son passage dans le redoutable corps militaire. Pas faire chier lui, quoi !

– Pourquoi tu t'énerves ? Je pensais te donner 600 francs par mois, c'est pas insultant comme somme.

À la couleur écarlate que prend soudain le visage de Tabor, il faut croire que si.

– Et pourquoi pas pour rien ? hurle-t-il. Autres parents donnent 500 le mois pour gamin qui reste pas dormir, pas bouffer soir, matin, pas rester samedi et dimanche… Et toi, venir chez moi, comme ça, et proposer pareil et dire *iofasz a seggedbe* ?!

– Iofoz quoi ? ânonne timidement Roger.

– « Iofozocèguèdebè », vocifère l'autre, désormais menaçant. Ça veut dire toi vouloir mettre dans mon cul, tu comprends ça ?

– Que se passe-t-il ici ?

Amalia vient d'entrer. Elle tance son mari du regard. De rouge, le furieux n'est pas loin de virer au vert. C'est la première fois que son épouse, toujours docile et soumise, le fixe ainsi.

– J'ai parlé avec la femme de ton ami. Elle m'a tout expliqué. Son enfant restera là. Il partagera la chambre de Patricia qui est d'accord. J'ai toujours tout accepté de toi. Tu vas accepter ça de moi. Et pour l'argent, on se débrouillera avec ce que monsieur nous propose. Et il donnera plus s'il peut, n'est-ce pas ?

Roger est ahuri.

– Euh… Oui, bien sûr. D'ailleurs, je veux bien pousser jusqu'à 700 francs, se reprend-il, plus assuré, limite grand seigneur.

La mine renfrognée, Tabor sort de la chambre, Roger sur ses talons. Amalia ferme la marche et, arrivée dans la salle à manger, prend William dans ses bras.

– Tu vas être bien avec nous.

L'enfant enfonce sa tête dans le cou de cette femme si douce, si maternelle, la première qu'il ait jamais connue.

– 2 –

La France est en deuil. William, lui, est en colère. Sous prétexte que Charles de Gaulle vient de mourir, la télévision est en berne. Deux jours que le Général s'est éteint et tous les programmes sont annulés. Pas plus de Nounours que de marchand de sable. Bonne nuit les petits ! c'est le cas de le dire. Or donc, l'heure est grave et pour la peine, une hagiographie du fameux Colombéen est diffusée en simultané sur les deux chaînes en vigueur. La peluche XXL et son comparse sont priés de rester chez eux, et en attendant la diffusion d'un nouvel épisode de *Daktari*, autre victime collatérale du décès ex-présidentiel, le docteur Tracy et ses amis peuvent glander dans leur réserve africaine de Wamero jusqu'à la semaine prochaine. Michel et Patricia ont beau avoir expliqué à William, en une phrase courte, éloquente – et sous influence parentale : « De Gaulle a libéré la France ! », le jeune téléspectateur trouve cela injuste. Non seulement on lui supprime son rendez-vous hebdomadaire avec le lion Clarence, star de la série grâce à son impressionnant strabisme, mais on lui sucre aussi, le jeudi suivant, les aventures de Thierry la Fronde et celles de Zorro sous prétexte que c'est une journée de deuil national. Face aux tristes mines des Farkas, en osmose avec la patrie éplorée, le gamin se résigne et va bouder dans la chambre qu'il partage avec sa sœur de lait.

C'est entendu, William a désormais des soucis qui prêtent à sourire.

Il n'a fallu que quelques semaines pour que son visage devienne celui d'un angelot et que son corps regagne la normale des courbes de croissance édictées dans son carnet de santé. Cuisinière hors pair, Amalia le régale d'une impressionnante variété de mets. L'enfant mange de tout, à l'exception des tripes, des endives cuites et du fromage. Comme, par ailleurs, il a un appétit vorace et des goûts éclectiques, personne ne le force et il a même droit, le cas échéant, à un menu rien que pour lui. Choyé et dorloté, il n'a traîné que deux désagréments inhérents à ses sordides premiers mois.

Le premier concerne les toilettes. Ou le pot. Qu'importe. Pour le gamin, c'est resté une hantise. Pour les Farkas, c'est un calvaire. Marqué par ses heures de supplice chez Évelyne Bateau, William considère ce passage obligé comme une punition. Si sa raison l'incite à se soulager, son inconscient l'en empêche. Il bloque. Amalia a beau lui promettre des gourmandises, Tabor le menacer, Patricia le raisonner, Michel l'encourager… Rien n'y fait. Le malheureux ne s'abandonne que la nuit et, jusqu'à l'âge de trois ans, porte des couches, dernier cri en matière d'hygiène, censées remplacer le lange et soulager la ménagère de lessives incessantes. Quoique Amalia ait une machine à laver… Bien utile quand les Pampers ne sont plus de taille et qu'on décide, de toute façon, que William n'est plus en âge d'avoir un quelconque rempart sous son pyjama. Chaque matin, Amalia s'occupe de remplir le tambour avec les draps souillés, au grand dam de son mari énervé par tant de patience et d'abnégation.

– Laisse dans merde une nuit, tu verras si lui pas aller chiottes après, lui dit-il un jour devant un William contrit, désespéré qu'on lui ait supprimé toute protection nocturne.

La femme préfère ne rien dire et enlace affectueusement l'enfant en le ramenant contre son torse. Michel, lui, du haut de ses douze ans et de son intellect au-dessus de la moyenne pour son âge, tente une explication darwiniste.

– J'ai lu dans un livre que l'être humain a, depuis toujours, une crainte quand il fait ses besoins. C'est un instinct qui remonte à la préhistoire : on se cachait pour faire ça parce que c'était le seul moment où on était vulnérable. Le reste du temps, on était toujours sur ses gardes des fois qu'un animal aurait voulu nous bouffer.

Tabor, interdit, ne comprend rien à la théorie de son fils. Patricia, elle, est atterrée par cette argumentation sortie de nulle part.

– Déjà qu'il a du mal à aller aux waters, si en plus tu lui racontes qu'un tyrannosaure va le bouffer quand il y est, ça va pas arranger les choses !

Sauf que William n'a pas l'air apeuré. Il est juste terriblement gêné de provoquer de tels débats. On le serait à moins. Son jeune âge importe peu : personne n'a envie que son transit intestinal soit un sujet de conversation récurrent. Il voudrait qu'ils se taisent, qu'ils l'oublient, qu'on lui foute la paix… Il voudrait trouver les mots pour leur expliquer, pour les rassurer, pour se rasséréner aussi. Mais lui-même ne sait pas. Alors il se tait, s'éclipse discrètement, embarrassé, tandis que les Farkas continuent d'épiloguer sur la question.

Personne ne sait vraiment pourquoi ou comment William s'est débarrassé de ce sale problème. Peut-être tout simplement parce qu'on a arrêté de lui en parler. Et puis plus personne ne faisait attention à la corvée de lessive quotidienne dont s'acquittait discrètement Amalia, toute la maisonnée s'étant habitué à une salle de bains envahie par un séchoir constamment recouvert de draps. Jusqu'au jour où plus rien. Étendoir plié. Lit nickel. Gamin serein. Ou presque. Car désormais, on glosait sur les raisons de cette propreté soudaine. De la même manière que tout le monde est entraîneur de l'équipe de foot de son pays ou critique de cinéma, chacun est un psychologue averti. Et au vu des débats animés à tous les repas chez les Farkas, en famille ou avec les amis, William semble un cas passionnant.

D'autant plus que le deuxième souci dont il a du mal à se défaire est pain bénit pour les dilettantes freudiens. L'enfant n'a de cesse de dire « papa » et « maman » à Tabor et Amalia… Ces deux-là le reprennent systématiquement, l'enjoignant à les appeler « tonton » et « tata », mais le message a du mal à passer. Néanmoins, il ne reste pas lettre morte, car William fait de gros efforts et parvient, au bout de quelque temps, à se reprendre, à coup de « Mam… Tata ! » et de « Pap… Tonton ! » Ainsi instaure-t-il une nouvelle appellation, « mamtata » et « paptonton », singulière et lourde de sens pour les invités de passage.

– Mais il ne connaît pas ses parents ? demandent-ils.

– Bien sûr que si, répond Amalia, lasse de toujours avoir droit aux mêmes questions. Ils viennent le voir une fois par mois, mais c'est sans doute un peu confus pour lui.

En matière de petite enfance, évoquez la confusion, et les analystes, nombreux et avisés donc, ne manquent pas de diagnostiquer l'inéluctable : « Ce petit est perturbé. » La déduction est énoncée assez doctement pour ouvrir la conversation, mais assez fermement pour écarter toute contestation. Mais si le raisonnement a sa part de logique, il comporte également une marge d'erreur. En l'occurrence, si William ne saisit effectivement pas bien les fonctions de Danièle et Roger, il s'en arrange aisément. Et même joyeusement. Son week-end mensuel avec ces deux-là – qu'on l'exhorte à appeler « maman » et « papa » – est une parenthèse enchantée dans son petit monde déjà plein de douceur et de bienveillance.

Ces parents épisodiques sont un peu rêches et ont le sourire artificiel, mais ils savent s'amuser ! Autant de restaurants différents que de repas, un après-midi au cirque, un autre au cinéma, une soirée dans une fête foraine ou à un spectacle, et pourquoi pas un deuxième film le dimanche si l'emploi du temps le permet ! La nuit, leur fils dort dans le canapé du salon d'un petit deux pièces parisien. C'est à la fois la vie de patachon et de bohème. Une fiesta de quarante-huit heures couronnées par un énorme kilo de bonbons qui fera office de clepsydre gourmande : une fois le sac fini, le retour de Danièle et Roger sera imminent.

Et pendant ce temps, William ne se plaint aucunement de leur absence. Pas un signe de déprime. Pas une once de mélancolie. Il est joyeux, volubile, curieux de tout, d'une imagination débordante. À la maternelle, il est sage et consciencieux. À la maison, on l'entend toujours jouer dans la chambre qu'il partage avec Patricia. Il aime apprendre par cœur les paroles de chansons publiées dans le magazine *Podium* qu'achète régulièrement sa sœur de lait. De fait, il est fou de Claude François dont il mime maladroitement les chorégraphies. Et quand aucun son ne parvient aux oreilles d'Amalia, la nounou n'a nul besoin de s'inquiéter. Elle sait son protégé accaparé par son passe-temps favori : les petits soldats. Dans l'absolu, cela n'a rien de très original, mais le gamin s'implique tellement dans la mise en scène de ses personnages d'un demi-pouce que l'amusement vire au spectacle. Michel, qui lui a offert sa collection dont il n'a désormais que faire, l'observe régulièrement par l'entrebâillement de la porte, épaté par l'agencement quasi obsessionnel des militaires, cow-boys et spadassins en résine, et par leurs aventures savamment scénarisées. L'inspiration de William semble illimitée, dopée par une consommation régulière de feuilletons et de films.

D'où son désarroi le jour de la mort de De Gaulle. Car plus qu'une passion, la télé est pour lui un rituel. Que ce soit le jeudi après-midi, le mercredi soir ou le samedi, il se blottit aux pieds d'Amalia, assise sur le canapé, pour savourer le programme. Elle a souvent d'autres choses à faire, mais William ne conçoit pas de regarder la télé sans sa Mamtata qui, durant toute la séance, lui caresse doucement la tête. Qu'elle s'arrête un instant et, immédiatement, comme un réflexe vital, le jeune téléspectateur prend sa main et la colle à nouveau sur ses cheveux. Loin d'être jaloux, Michel et Patricia sont au contraire attendris par ce besoin criant d'affection. Et puis ce petit frère d'adoption les fait rire. Au-delà de son insatiable appétit de câlins, il acquiert au fil des années un bagou hors du commun quand il s'agit de choisir ce que les Farkas vont voir. À chaque programme, son argument, souvent historique. Si cela s'est réellement passé, le divertissement est forcément instructif. Imparable. Et irrésistible de mauvaise foi quand il s'agit, par exemple, d'une série comme *Arsène Lupin*.

– Ils peuvent pas avouer que c'est pour de vrai parce que c'est un voleur. Mais je vous jure que ses aventures, elles se sont passées. J'te jure, Mamtata !

Très légitime en revanche, pour des feuilletons comme *Schulmeister, l'espion de l'Empereur*, avec Jacques Fabbri dans le rôle-titre.

– Vous savez qu'il a vraiment existé ! C'était un peu un bandit, mais un gentil bandit, et même qu'il faisait rire Napoléon parce qu'il se déguisait tout le temps pour pas qu'on sache que c'est lui.

William n'est pas surdoué, mais bien informé. Sa source est située deux étages plus bas, chez madame Lazennec. Cette adorable voisine est une retraitée dynamique qui, dès le mercredi, achète *Télé 7 jours* – quand Amalia, elle, ne se le procure que le vendredi. Impatient de connaître le programme de la semaine à venir, et pas peu fier de pouvoir annoncer en avance aux Farkas les moments qu'il considère comme immanquables, William descend consulter sa bible chaque jeudi matin. Tout juste s'il n'a pas appris à lire avec le magazine ! Pendant un peu plus d'une heure, confortablement installé dans le fauteuil de son hôtesse, il épluche chaque page, sérieux et imperturbable. Son étude finie, il remercie poliment la dame avant de remonter chez lui en trombe. Surexcité, il tourne autour d'Amalia comme un zébulon, énonçant monts et merveilles à venir tel un monsieur Loyal en culotte courte. La nounou est toujours fort occupée à finir de préparer le déjeuner, mais l'exaltation du garçon l'amuse et la rassure. Elle sait que cet enthousiasme est chevillé à un optimisme inoxydable, atout salvateur en cas de malheur. De toute évidence, William est de ceux qui verront toujours le verre à moitié plein. Et, pour lui enlever le sourire, il faut au moins la mort d'un général – et ses dommages collatéraux…

Et encore, quand il boude, cela ne dure pas longtemps. Et quand il se met en colère, encore moins. Heureusement. Car si les crises sont rares, elles n'en sont pas moins homériques. Et aux issues improbables. Comme ce jeudi midi où, tout à sa logorrhée hebdomadaire, il met la table avec Patricia. Cette dernière étant plus grande, charge à elle de disposer les couteaux. Mais William, qui vient de fêter ses sept ans, estime avoir l'âge requis pour cette responsabilité. Il se précipite vers le tiroir du meuble en Formica, mais se heurte à la préadolescente qui lui barre l'accès aux couverts convoités. Dont elle s'empare sans mal.

– La loi du plus fort est toujours la meilleure, conclut-elle, dédaigneuse et provocante, rejoignant sa mère dans la salle à manger.

On peut être un agneau et malgré tout hurler comme un loup. Ce qu'apprendra Patricia aux dépens de ses tympans. Le cri de rage de William n'est pas qu'assourdissant, il est inhumain ! Amalia et sa fille sont littéralement pétrifiées, comme transformées en statues de sel. Après trois bonnes secondes d'arrêt, elles se retournent lentement vers la cuisine, délimitée par un rideau en accordéon alors replié, et découvrent un William vermillon, brandissant du bout de ses petits bras le saladier dont la sauce vinaigrette tangue dangereusement. Elles s'attendent au pire. Visualisent les débris de verre. Imaginent la sauce sur le parquet. Calculent le meilleur angle pour esquiver le projectile. Elles ont largement le temps d'y songer, car tous restent figés sans que rien ne se passe. Comme sur une photo prise sur le vif. Jusqu'à ce que William retourne le plat sur sa tête. Amalia et Patricia sont encore plus saisies, bouche bée devant le spectacle. Car pour elle c'en est un ! Et elles éclateraient volontiers de rire si, d'un coup, leur drôle de garnement ne hurlait pas de plus belle. Les yeux irrités par le vinaigre et les mains collées contre son visage sous le récipient, il court à travers l'appartement comme un poulet fraîchement décapité. Patricia finit par se gondoler sur le canapé, tandis qu'Amalia se dépêche d'empoigner l'enfant pour le rincer sous la douche. Elle n'émet aucun commentaire et regarde le malheureux avec compassion, consciente que celui-ci ne voulait blesser personne et encore moins peiner sa nounou. Et plutôt que perdre la face, il se l'est ruinée ! Amalia n'en a jamais douté et la démonstration conforte son sentiment : William est profondément bon. Bien sûr, elle en est heureuse, mais tandis que ses doigts lissent sous l'eau chaude les cheveux encore pleins d'huile, son sourire s'estompe et un voile inquiet passe dans son regard. Un jour, il faudra bien que William aille vivre chez ses parents. C'est inéluctable. Et chez les Carbonnier, la gentillesse n'est pas perçue comme une vertu, mais comme un handicap. Et les loups y ont plus leur place que les agneaux.

– 3 –

Son horizon se limite à la voie de chemin de fer juchée sur de gigantesques arceaux de briques. La tête collée à la fenêtre de la salle à manger, William peut passer un temps infini à observer le trafic dans l'allée dix étages plus bas, avant de lever les yeux vers les rails qui s'enfoncent dans des contrées inconnues. C'est l'apanage d'un enfant de neuf ans qu'enjoliver une perspective sans intérêt particulier, en l'occurrence une ligne de banlieue comme une autre. À des années-lumière de tout ce qui l'entoure, William vagabonde dans des mondes qu'il n'a de cesse de reconstruire. Du Grand Ouest aux espaces intergalactiques, des steppes mongoliennes à la brousse africaine, son esprit déborde de décors emmagasinés devant la télé, au fil de ses lectures de la Bibliothèque rose et de la collection Rouge et Or, ou encore de bandes dessinées pleines des exploits d'Akim, Zembla, Vick ou Blek le Roc.

Il est d'ailleurs le meneur de jeu d'une petite bande composée d'Éric, Eugène et Luc, à qui il distribue chaque jour un rôle différent dans des westerns, des polars ou des épopées médiévales. Depuis qu'ils sont en âge de descendre seuls pour jouer en bas de l'immeuble, c'est-à-dire environ deux ans, ils sont inséparables et se retrouvent dès la sortie de l'école. Comme ils sont tous dans un établissement différent, il leur faut toujours une bonne demi-heure, le temps de raconter leur journée respective, avant qu'ils ne deviennent les gentils ou les méchants d'histoires pleines de cris et de fureur. Toutes les cinq minutes, ils changent le cours de leurs aventures à coups de « On aurait dit que… » ou de « Et si là il se passait… » Les badauds, qui traversent nombreux la petite cité pour rejoindre la gare, n'y voient que des gamins en train de chahuter. Mais s'ils prêtaient plus attention, ils remarqueraient le soin particulier avec lequel ces comédiens en herbe font semblant de se battre ou de mourir. Car William prend la chose très au sérieux, soucieux du réalisme de chaque situation. Les autres appliquent à la lettre ses directives. Après tout, c'est lui qui sait car il va plus souvent qu'eux au cinéma. Ses parents se limitent aux dessins animés, mais Patricia et Michel l'emmènent voir des comédies dont il ne comprend pas forcément les finesses (pour peu qu'il y en ait) mais apprécie la saveur.

Les résumés qu'il en fait à Amalia amusent toujours la nounou. Il entrecoupe parfois son récit d'une toux trop prononcée pour être vraie. Amalia saisit le message. Si elle veut entendre la fin, elle doit lui préparer une montagne de caramel dont il se repaîtra de morceaux pour s'adoucir la gorge. Un remède qu'Amalia lui prodigue depuis ses trois ans. Et depuis, curieusement, William est souvent enroué. Ou presque.

Par ailleurs, le gourmand vient de découvrir la mythologie grecque, grâce à deux superbes livres racontant pour l'un l'histoire d'Hélène de Troie, pour l'autre celle d'Héraclès. Ce sont moins les ouvrages que la façon de les acquérir qui le ravit. Pour la première fois, William a eu l'insigne honneur de monter sur scène à la remise des prix de fin d'année scolaire. À lui le prix de camaraderie ! Récompense étonnante pour un écolier promis à rester dans l'ombre. Ni premier, ni dernier de sa classe ; moqué plus souvent qu'à son tour pour l'étrange patronyme hérité de sa mère, Mengelat, aussi sûrement que bêtement détourné, chaque midi au réfectoire, en « Vas-y, William, mange-la ! » ; toujours dans les derniers à être choisis dans les équipes de foot composées au débotté par des leaders plus charismatiques que lui ; rarement invité aux goûters d'anniversaire, et encore ! au hasard d'une annonce à la cantonade d'un copain plein de largesses… Malgré cela, ou à cause de cela, comme un challenge personnel, il décida d'étonner son monde – et sans doute aussi de s'épater lui-même. Or donc, il mena à chaque récréation une campagne intensive pour obtenir cette distinction, celle-ci étant logiquement attribuée par les élèves, électeurs en herbe pour qui ce vote avait autrement plus d'importance que le récent scrutin présidentiel dont Valéry Giscard d'Estaing venait de sortir vainqueur. Avec un art consommé des relations publiques – à base de distribution de bonbons piochés dans sa fameuse réserve, le généreux donateur est vite devenu la coqueluche de l'établissement. Pas dupe de la nature du résultat, il n'en demeure pas moins fier, en ce début d'été, de sa victoire, et esquisse, en y repensant, un sourire énigmatique, toujours plongé dans sa méditation, les yeux perdus dans le lointain.

– Tu es encore dans la lune, mon chéri, remarque Amalia, lui caressant rapidement la tête avant d'aller servir un café à Miklos.

Micky, comme tout le monde l'appelle, est un cousin d'Amalia. Il a beau avoir présenté Tabor à Roger, et par conséquent être peu ou prou à l'origine de la présence ici de William, elle ne l'aime guère. En revanche, son mari l'adore et en a fait son copain de beuverie favori. Car Micky boit beaucoup, pour preuve une couperose naissante, malgré ses trente ans à peine sonnés, sur son visage de fouine posé sur un corps malingre.

– Être dans la lune… C'est une formule bien dégueulasse pour exprimer une belle image, non ? dit-il avant de s'esclaffer.

– Ce que tu peux être vulgaire quand tu t'y mets, lui répond Amalia, le visage fermé. Surveille un peu ce que tu dis devant le petit.

– Vu ce qu'il va entendre à partir de demain, autant l'habituer !

Une fois ces dernières paroles acheminées de ses oreilles distraites à son cerveau en ébullition, William sort de ses rêveries récurrentes et se retourne.

– Qu'est-ce que je vais entendre demain, Mamtata ?

Amalia fusille du regard son cousin qui, l'air désinvolte, écarte les bras.

– Mais qu'est-ce que t'attends pour lui dire ? se défend-il. T'aurais déjà dû lui en parler hier soir.

– Me parler de quoi ? demande inquiet l'intéressé en se lovant dans les bras de sa nounou.

– Ta maman m'a appelée hier après-midi, explique Amalia la voix nouée et hésitante. Elle va venir te chercher aujourd'hui, dans pas longtemps d'ailleurs, pour t'emmener en vacances…

– Mais je pars pas avec vous à la mer, alors ?

– Ah ! Je crains que non, répond gentiment Micky. Mais là où tu vas, il y a la mer, mais une piscine aussi ! Et puis c'est une belle maison, tu auras ta chambre rien que pour toi et tout et tout !

La mine décomposée du gamin atteste qu'il se contrefout du « et tout et tout » comme du reste. Parce que jusqu'à présent, ça lui allait très bien, à William, le camping avec les Farkas à l'île d'Oléron ou aux Sables-d'Olonne. Il avait droit à sa petite tente, collée à celles de Patricia et de Michel, tandis qu'Amalia et Tabor dormaient dans leur modeste camping-car, une estafette astucieusement aménagée dont le toit à lanterneau englobait la cabine de couchage. Ça lui allait très bien, les repas sous l'auvent, et la vaisselle dans les bassines qui se concluait toujours par une bataille d'eau avec sa sœur. Ça lui allait très bien, les parties de petits chevaux avec des copains saisonniers, tandis que leurs parents (ou assimilés, certes) s'animaient joyeusement autour de la table pliante pour leur belote quotidienne. Ce n'était pas le bonheur absolu, mais une somme de petits bonheurs dont le total crée, plus tard, la nostalgie du temps passé. Et cette dame, qu'il a encore une certaine difficulté à appeler maman faute de s'y exercer régulièrement, voudrait le priver de cela ? Et de se souvenir, fidèle à son optimisme viscéral, que les vacances d'été durent deux mois, qu'il partage habituellement entre les Farkas et une colonie municipale. Et s'il en revient toujours ravi, cette seconde villégiature composée de randonnées, de feux de camp et de balles au prisonnier ne lui manquera pas outre mesure.

– Je vous rejoins au mois d'août, alors ?

– Non, mon chéri.

– Mais ça veut dire que je vais rester deux mois avec eux ?!

– *Kedevesem*, je dois te dire une chose… Mais je ne sais pas comment… Il faut que tu comprennes…

Il est des points de suspension qui s'entendent à l'oreille. Ceux d'Amalia sont assourdissants. À l'évidence, son « Il faut que tu comprennes… » ne s'arrête pas à la ponctuation. Le « que » a été retenu. William le sait et appréhende la suite. « Il faut que tu comprennes QUE… » Quoi ? La main de la nounou s'active dans le cuir chevelu de l'enfant qui, pour une fois, n'a que faire de ces caresses pour le coup maladroites. Et puis il y a ce *kedevesem*, mon chéri en version française, que la sainte femme n'utilise qu'en cas de malheur. La dernière fois, c'était pour la disparition soudaine de Rusty, un petit chien de ferme dano-suédois. Amené à la maison par Tabor et chouchouté par les trois enfants, l'animal s'est rapidement avéré une source de tracas divers et variés. Amusant quand William s'enfila en douce sa boîte de croquettes, persuadé qu'il s'agissait de céréales – et bon pour une purge vomitive. Agaçant quand une insistante odeur d'urine confirmait l'incapacité du cabot à maîtriser ses envies. Son destin fut rapidement scellé par Tabor qui le confia sans crier gare à un chenil. William en éprouva une grande peine.

Pour l'heure, il est assailli par une grande angoisse. Un mauvais pressentiment quant au silence pesant d'Amalia. Il tourne la tête vers elle, l'encourageant à continuer avec des yeux apeurés. Ceux de la malheureuse sont embués par des larmes retenues tant bien que mal. Micky a le nez plongé dans sa tasse, fixant le sol sans broncher. Désormais, il semble ému, posture inédite pour ce boute-en-train souvent rustre et trivial. Sa présence n'est pas innocente. Sa cousine ne lui voue pas une tendresse particulière, mais a pensé qu'il était la personne adéquate pour la soutenir dans ce moment difficile. C'est avec lui que tout a commencé. C'est avec lui que tout doit finir. Car oui, aujourd'hui, on la sépare de son fils adoptif. Définitivement. Et brutalement, puisque Danièle ne l'a prévenue qu'hier.

– Préparez-lui une petite valise. Vous apporterez le reste avec Tabor et les enfants…

C'est à peine si elle a écouté la suite, où il était question de séjour, d'hôtel, de week-end festif…

Les Carbonnier vivaient maintenant dans le Nord, dans une maison à quelques kilomètres de la mer.

– Vous verrez, William y sera bien, insistait Danièle pour pallier l'absence de réponse de la nourrice.

Et là, elle ne trouve pas plus les mots pour avouer l'inéluctable à son protégé. Le coup de sonnette résonne en elle comme un glas, mais il a le mérite de mettre fin à son supplice.

À peine entrée, Danièle déboule en trombe dans la salle à manger avec un sourire radieux, à la limite de l'inconvenance compte tenu des trois mines abattues qui lui font face. Elle ne l'efface pas pour autant, bravache et énergique.

– Alors ? Tu n'es pas heureux de venir avec ta maman ? Et puis ne t'inquiète pas, tu reverras Amalia quand tu voudras.

Ah ! Ce « quand tu voudras ! »... William vient d'avoir la confirmation de ce qu'il redoutait. Sans prendre la peine d'embrasser sa mère, il se serre encore plus contre Amalia. Elle lui susurre à l'oreille des mots dans sa langue natale. L'enfant ne comprend rien mais perçoit à travers la douceur de la voix l'expression d'un amour infini.

– Allez, allez ! Il faut partir, maintenant. Notre train est dans une petite heure.

Un peu mal à l'aise quand même, la Danièle. Et puis un peu vexée aussi, par la préférence affective manifeste de son fils. Elle la comprend bien sûr, mais l'accepte avec amertume. Pas facile de se prendre d'un coup le bilan de neuf années d'inconséquence maternelle. Soudainement assommée par une culpabilité jusque-là refoulée, elle se raccroche à un trait d'esprit, maladroit rappel de l'ordre des choses.

– Pleure pas, tu la reverras ta mère !

– Tu veux pas leur laisser un peu de temps ? intervient Micky.

– Oh ! Il n'y a pas de quoi en faire tout un plat ! On ne part pas à l'autre bout du monde, non plus ! Et puis on va tous se revoir à la maison la semaine prochaine, et vous pourrez vous faire autant de câlins que vous voulez ! Allez, on y va.

La mort dans l'âme, Amalia détache ses bras de son enfant qui n'était, elle le savait, que provisoire. Sans un mot, William suit sa mère qui lui prend la main. Dans l'allée au bout de laquelle un taxi attend, il marche sans regarder devant lui, les yeux rivés vers la fenêtre contre laquelle se colle la tête de sa nounou. Il sait qu'il n'a pas le choix, il sait qu'elle sait, mais c'est plus fort que lui, il a le sentiment de l'abandonner. Et à cette douloureuse sensation s'ajoute la certitude confuse que le meilleur est derrière lui.

– 4 –

William ne se souvient pas d'avoir roulé dans Paris. Il ne se rappelle pas non plus avoir traversé la gare du Nord. Trou noir. Blanc mental. Et il ne sait pas vraiment ce qui vient de le ramener dans la réalité. Peut-être la voix du contrôleur tout juste entré dans le compartiment. À moins que ce ne soit l'éclat de rire d'un troufion dans le couloir. Il ne se souvient de rien d'autre que d'Amalia à sa fenêtre. C'est donc malgré lui qu'il émerge dans ce wagon, face à sa mère soulagée de voir enfin un semblant de vie réapparaître dans le regard de son fils. Au début, elle s'était énervée. Elle avait beau lui raconter par le menu le plus alléchant qui soit le programme des jours à venir, il ne réagissait pas, désespérément amorphe, asthénique, inaccessible.

– Tu ne vas pas bouder tout le voyage, c'est ridicule ! lui répétait-elle dans le taxi.

Persuadée de s'adresser à un mur, elle l'était tout autant de sa capacité à détruire celui-ci brique par brique. La psychologie n'avait jamais été son fort, à Danièle. L'analyse, la patience, l'écoute, c'est bon pour les geignards. Du reste, avait-elle eu droit à ces ménagements, elle, dans sa jeunesse émaillée de drames autrement plus horribles qu'un bête changement de foyer ? Non. Et elle ne s'en portait pas plus mal.

– Y sont trop gâtés de nos jours, ma bonne dame, intervint le chauffeur. Y s'rendent pas compte de la chance qu'y z'ont. C'est malheureux à dire, mais comme y z'ont pas connu la faim ou les malheurs de la guerre, y sont tout fragiles et font la gueule pour un rien ! Faut pas céder !

C'était un point de vue au ras du comptoir, mais il eut le mérite de conforter la passagère dans ses certitudes. Lesquelles se fissurèrent néanmoins devant la gare. En descendant de la voiture, William était plus proche du légume que du rejeton chafouin. De fait, Danièle l'observait maintenant avec inquiétude. La main solidement accrochée à la sienne, elle le traînait tel un boulet, lui, trottinant derrière, zombie dégingandé dénué de toute volonté. Soucieuse du qu'en-dira-t-on, elle se dépêchait d'accéder au train, sentant bien les coups d'œil désapprobateurs sur leur passage. Quand ils furent enfin assis à leur place, elle insista encore un peu, usant cette fois d'un ton d'une douceur exagérée.

– Mon chéri, remets-toi. Je suis si heureuse que tu viennes enfin vivre avec nous. Et tu sais, papa nous attend à la gare. Tu verras, il a une belle voiture. On ira manger à la mer, tu veux ? Réponds-moi, mon William. Juste un signe. Pour ta maman, allez, un petit signe ?

Mais rien ne venait. William était ailleurs. Ou plutôt nulle part.

Et voilà qu'il en revenait aussi soudainement qu'il s'y était cloîtré.

– On va où ?

La voix est blanche, presque atone.

– Ah ben quand même ! commence par répondre avec une voix guillerette sa mère en tendant les billets à l'agent de la SNCF. À Boulogne-sur-Mer.

– C'est joli, Boulogne-sur-Mer, complète l'autre tout en poinçonnant. Tu as de la chance, mon petit.

« Qu'est-ce qu'il en sait, lui, que j'ai de la chance ? », pense William, impassible et déjà tourné vers le paysage qui défile.

Ça y est. Il réalise. Pour lui, c'était impensable. Il ne pouvait imaginer quitter un jour les Farkas. À moins d'un problème grave, on n'arrache pas un enfant à sa famille. D'accord, ce n'était pas la sienne d'un point de vue génétique. Information comprise et assimilée. Mais à l'exception d'un week-end mensuel, ses parents se passaient très bien de leur fils et celui-ci se passait très bien d'eux. Tout allait pour le mieux dans le meilleur des nids et ç'aurait pu continuer ainsi jusqu'à ce que l'oiseau s'en envole. Encore trop jeune pour envisager le pourquoi de ce changement de situation, William se limite aux comment qui s'annoncent. Comment se comportent ses parents au quotidien ? Comment sa vie va-t-elle s'organiser ? Comment retrouver de nouveaux copains ? Encore sonné par son petit black-out, il a la désagréable sensation d'émerger au milieu d'un mauvais rêve. La voix de Danièle lui confirme qu'il ne dort pas, que tout cela est vrai, concret, irrémédiable.

– Tiens, regarde ce que je t'ai acheté. Amalia m'a dit que c'était ta BD préférée.

À la vue du nouvel exemplaire des aventures de Janus Stark, William sourit enfin. L'attention de sa mère le rassérène quant à des lendemains qui, s'ils sont émaillés de ces petits plaisirs, ne promettent pas d'être si désagréables. Le choix de ce journal trimestriel est en tout cas de bon augure.

D'origine anglaise, Janus Stark est un héros victorien doté d'une élasticité extraordinaire. Le fait que ses péripéties, publiées depuis un an, aient commencé dans un orphelinat doit sans doute beaucoup à l'attrait que le personnage exerce sur

William. Au-delà de cette empathie inhérente à un sentiment d'abandon refoulé dans un coin de son subconscient, le jeune lecteur est passionné par des histoires galvanisantes teintées de noirceur. Devenu adulte, Janus Stark est un ersatz de Robert Houdini, soit un magicien fascinant, doublé d'un justicier solitaire au service des démunis. Il a le visage angulaire, un front proéminent, une drôle d'implantation capillaire en triangle… Un type à l'aspect énigmatique, loin des canons de beauté en vigueur. Un héros atypique, quoi ! William adore cette singularité. Il est également fou de ce prénom. Janus. Il ne l'avait jamais entendu. Janus. Ça claque bien à l'oreille. Ça en impose. Si l'intérêt naissant de William pour la mythologie grecque s'était déjà étendu à la mythologie romaine, il aurait apprécié la description de l'illustre dieu à l'origine de cette appellation : en charge des commencements, des fins et des choix, Janus est une divinité pourvue de deux visages, l'un tourné vers le passé, l'autre vers l'avenir. Il n'y a pas de hasard, que des coïncidences…

Le présent se concrétise quand William arrive à destination. Une gitane au bord des lèvres, Roger les attend devant la gare, adossé à sa Mercedes. Le sourire discret, mais perceptible. William s'approche, timide, presque gêné, ne sachant trop s'il doit se jeter au cou de son père, lui faire simplement une bise, ou lui serrer la main. C'est seulement maintenant qu'il réalise qu'il n'a pas vu cet homme depuis plus de trois mois. Sa mère est venue lui rendre visite, l'a emmené au cinéma, mais elle le ramenait le soir-même – sans oublier de lui laisser en gage le traditionnel sac de friandises. Et William ne s'était pas inquiété plus que cela de l'absence de son père.

– Eh ben alors ? On ne dit pas bonjour à son papa ? demande ce dernier pour se rappeler au bon souvenir de William.

– Si, bonjour, répond l'enfant d'une voix à peine audible.

William opte finalement pour la bise.

– Bonjour, chou, enchaîne Danièle, posant rapidement ses lèvres sur celles de Roger.

– Salut, ma chérie. Tout s'est bien passé ?

– Comme tu l'avais prédit : les grandes eaux. Heureusement, Micky était là pour rester avec elle et la consoler.

Et désignant William :

– Lui en revanche, j'ai cru qu'on l'avait perdu. Quand on est parti, il était carrément en état de choc.

– Eh ben ça fait plaisir ! Tu n'es pas heureux de venir vivre avec tes parents ? On s'est donné du mal pour ça, tu sais.

Si jusque-là William était gêné, il est maintenant carrément mal à l'aise. Assis à l'arrière de la voiture, il se sent comme un intrus. Comme une contrainte. Il ne sait pas quoi répondre. Alors il reste silencieux et détourne son regard de celui de Roger collé dans le rétroviseur.

– T'as qu'à rien dire et faire la gueule ! Quand on te prenait en week-end, t'étais plutôt content, non ? Hein ? Oh ! Je te parle !

La psychologie n'est pas plus le fort de Roger que celui de sa femme. Et le mutisme de William en est l'éloquente démonstration. Le gamin est plus fermé qu'une huître. Évidemment qu'il se souvient de ces moments privilégiés où il se bâfrait de banana split avant d'aller rire et applaudir les clowns et les trapézistes. Mais il se souvient aussi que le lendemain, ou le surlendemain, il retrouvait ses camarades de jeu, son univers, ses repères, sa famille, son Amalia… Amalia que Danièle avait déjà réduite à un vulgaire pronom. « Heureusement que Micky est resté avec *elle*. » À ce rythme, elle l'appellerait bientôt « l'autre ». S'il était bravache, William se risquerait à demander la date exacte de la venue d'Amalia. Il était question d'un week-end, non ? Si, il en était sûr, il l'avait entendu. Mais, sans trop savoir pourquoi, il sent que l'évoquer maintenant, ce serait jeter de l'huile sur le feu. Peut-être pourraient-ils voir cela comme un rejet ?

Ou comme l'expression de son manque et de sa préférence. Et ils auraient raison. Ce serait leur déclarer la guerre. Il ne se sent pas de taille. Il n'en a pas l'énergie.

– J'espère que tu as un maillot de bain.

La voix de Roger est plus amène.

– Regarde à gauche !

La voiture vient de passer la barrière d'une petite propriété encadrée par deux fermes. Et William aperçoit effectivement une modeste piscine ovale. Sur sa droite, une pelouse fraîchement tondue s'étend sur une centaine de mètres carrés. La maison est tout en longueur, sans étage mais apparemment assez spacieuse. À peine William a-t-il foulé le gravier de l'allée qu'il se précipite vers le bassin. L'idée de se baigner quand il veut a momentanément raison de ses tourments. Privilège de l'enfance.

– Je peux y aller ? demande-t-il, épaté, en fixant l'eau.

– Bien sûr ! répond fièrement son père. Mais d'abord, viens voir la maison. Je vais te montrer ta chambre.

L'entrée donne sur une gigantesque salle à manger. À côté de la cheminée, un petit bar occupe un angle, avec deux grands tabourets devant. La décoration est à l'avenant, mélange maladroit de rustique et de moderne, avec une farouche volonté d'afficher des signes extérieurs de richesse, comme cette énorme télé couleur posée sur un bahut en chêne, ou ce téléphone à cadran couvert d'une ridicule housse en velours bordeaux. C'est l'intérieur d'un parvenu au petit pied, impressionnant pour William, trop jeune pour deviner l'aspect ostentatoire de l'ensemble, séduit par la promesse d'un confort et d'une vie aisée. Et puis il a sa propre chambre, rien que pour lui. Elle est au fond du couloir, après une enfilade de pièces dont une dévolue aux loisirs. Une salle de jeux, oui ! Carrément. Conquis, il s'y aventure, ouvre une armoire pleine de bandes dessinées, de jeux de Monopoly, de Bonne paye, de Mille Bornes… Il a les yeux d'Ali Baba découvrant la caverne des quarante voleurs. Tout à sa joie, il fonce dans sa chambre et se jette sur son lit, puis il se relève d'un coup pour aller s'asseoir à un petit bureau où il pourra faire ses devoirs. Ses parents, dans l'encadrement de la porte, ont le sourire victorieux, heureux de l'effet escompté.

– Regarde un peu dans la penderie, dit Danièle, visiblement excitée.

Au milieu d'une ribambelle de cintres nus sont accrochés un costume bleu marine et une chemise blanche, au-dessus d'une paire de chaussures flambant neuves.

– C'est pour moi ? demande William, intrigué.

– Et comment que c'est pour toi ! répond fièrement Roger. Le week-end prochain, il s'agira de se faire beau.

– Pourquoi ? On va où ?

– À la mairie. Ta mère et moi avons décidé de nous marier. C'est pour ça qu'Amalia et Tabor viendront.

– Et Patricia et Michel aussi ?

– Bien sûr. Et toute la famille : tes tantes, tes grands-parents, tes cousins, tes cousines… On va faire une grande fête.

– Mais vous n'étiez pas mariés ?

– Eh non, lui avoue Danièle. Tu sais, avec ton père, on a toujours été un peu rock'n'roll. Et on le restera, d'ailleurs. Mais on avait envie de former une vraie famille. C'est pour ça qu'on est venus te chercher.

Ravi parce que enfin rassuré, William s'en veut d'avoir douté de ses parents. Pour se faire pardonner, il saute au cou de sa mère.

– Eh ! Doucement ! T'as failli me faire tomber ! s'écrie-t-elle, un peu agacée. Allez viens ! On va chercher ta valise et ranger tes affaires.

Sa mère a été un instant déséquilibrée, mais lui est déstabilisé.

Ce refus manifeste de câlins augure d'effusions affectives limitées. Voire impossibles.

– 5 –

La semaine est finalement vite passée. Le jour des noces est arrivé sans que William ait eu le temps de s'impatienter à l'idée de revoir Amalia. Non seulement il n'a pas une nature à être en proie à l'ennui, mais là, en plus, il n'a pas manqué d'occupations.

Bien sûr, il a fait de la piscine une priorité, mais la baignade était toujours de courte durée. Et pour cause. Soucieux de préserver la grande pelouse devant sa propriété, Roger avait eu l'idée saugrenue d'installer le bassin derrière la palissade en bord de route, à l'ombre de deux superbes hêtres ! En Provence, cela passerait. Dans le Nord, c'était stupide. Au plus chaud de la journée, la température de l'eau ne dépassait pas 17 degrés. La première fois, William a bien mis un quart d'heure avant de s'immerger complètement, pour ressortir au bout de dix minutes, transi de froid.

– Ce que tu peux être chochotte ! n'a pu s'empêcher de lui dire son père, en réalité en colère contre lui-même pour cette erreur d'appréciation dans l'emplacement de son gros haricot plein d'eau – ainsi que les voisins dénommaient cette installation qui rendait si fier ce nouvel arrivant.

Depuis deux mois qu'il a débarqué dans ce petit bourg, à une vingtaine de kilomètres de Boulogne-sur-Mer, Roger n'a de cesse de jouer les grands seigneurs, invitant les uns à déjeuner, les autres à dîner, s'affichant dans sa Mercedes Benz 250, même pour deux cents mètres à parcourir. Ses attentions pleines de condescendance provoquent des sourires en coin dès qu'il a le dos tourné. Il est perçu comme un gros con de Parisien, mais il n'est pas méchant, plutôt généreux, et il a quand même l'air d'avoir une certaine importance, alors…

Alors les Lefèbvre sont aux petits soins pour lui et sa femme. Liliane et Lucien Lefèbvre possèdent la ferme adjacente. L'épouse consacre chaque jour une heure à ranger et nettoyer l'intérieur des Carbonnier, et ce malgré un emploi du temps surchargé dans son entreprise agricole qu'elle dirige quasiment seule. Bien obligée, car son mari, autrefois alcoolique et violent, est devenu, après être tombé du haut d'une échelle, alcoolique et handicapé. Feignant de nature, il use de sa patte folle comme d'une excuse en or pour en faire un minimum. Le matin, il accompagne sa femme chez leurs chers voisins pour prendre un café arrosé d'une quelconque liqueur dénichée dans le bar. En début d'après-midi, il y retourne pour un digestif. Et rebelote le soir, dès l'heure de l'apéritif. Il n'est jamais ivre, mais il soûle Danièle. Roger, lui, s'en amuse. Pour lui, ce soiffard est une mine de potins sur la bourgade qu'il entend dominer, tel un propriétaire terrien influent.

Le fils Lefèbvre aussi est souvent fourré chez les Carbonnier. Il s'appelle Paul et, à huit ans, n'est pas très éveillé, à la limite du simplet. Pour Danièle et Roger, c'est entendu : cet enfant est attardé. Aucune utilité. À mépriser, donc. À leur grand dam, William s'acoquine avec lui. Mieux, il le prend sous son aile, conscient du rejet quotidien subi par le malheureux. De fait, Paul s'avère un excellent camarade de jeu. Un très bon guide, également. Ils partent ensemble dans de grandes balades, à pied ou à vélo. Enchantée que son fils se soit enfin trouvé un copain, Liliane leur prépare des goûters gargantuesques, à base d'énormes tranches de pain de campagne couvertes de Nutella. Ça donne faim le grand air ! Et puis à marcher, à pédaler et à un peu aider aux travaux de la ferme, distraction insolite pour le jeune parigot, on brûle des calories. Mais sûrement pas autant qu'en contient la pâte à tartiner… Si William a hérité du métabolisme de sa mère, toujours mince quoi qu'elle mange (et elle mange beaucoup), Paul n'a pas cette chance et accuse un certain embonpoint. Et la cuisine de Liliane n'arrange rien. Invité à déjeuner trois midis d'affilée, William a eu droit à un menu identique : un morceau de terrine, suivi d'une côte de porc avec des frites.

– Mais vous ne mangez donc que des côtes de porc avec des frites ? demanda-t-il enfin à Paul, discrètement.

– Non ! répondit l'autre très sérieusement. Des fois, c'est des frites avec des côtes de porc.

Et d'ajouter, devant la moue dubitative de William :

– Maman remplace aussi parfois les frites par des pommes de terre sautées, mais ça, c'est le dimanche, parce qu'elle a plus de temps.

Outre l'exploration de son nouvel environnement et de ses autochtones avec leurs us culinaires, William a également découvert au cours de cette première semaine le travail de ses parents. Deux matins, il s'est levé aux aurores pour connaître enfin leur métier, sur lequel Amalia et Tabor restaient toujours très flous. Un jour, Roger était loueur d'on ne sait quoi et sa mère, caissière on ne sait où, un autre il gérait une entreprise quelconque et elle était secrétaire dans une société très anonyme… La case « profession des parents » sur les fiches scolaires de début d'année représentait à chaque fois un curieux casse-tête pour William. Alors que la solution des jeux est d'une banalité déconcertante : ils sont dans les fruits et légumes et écument les marchés de la région. C'était bien la peine de faire tous ces mystères !

– Amalia et Tabor ne t'ont pas menti, lui a expliqué Roger, au volant de son gros camion. Pour nous mettre à notre compte, avec ta mère, on a fait plein de boulots différents. Et tu vois, avec nos économies, on a investi dans ce bahut et le reste. Dans la vie, faut pas être dépendant des autres. Y a les patrons et y a les autres. Et crois-moi, vaut mieux être du côté des patrons.

William se demandait bien de quoi il pourrait être le patron. Lui, ce qu'il voulait, c'était raconter des histoires. Et à sa connaissance, il n'y avait pas de chef dans cette branche. Déjà qu'il ignorait si ce boulot existe vraiment ! Là tout de suite, il se serait volontiers renseigné auprès de ses parents, mais il craignait que l'idée ne leur plaise guère et qu'ils lui brisent son hypothétique et fragile désir d'avenir.

Sage retenue. Le garçon ne manquait ni de bon sens, ni de clairvoyance.

En attendant, son père avait beau être le boss, il ne rechignait pas à transpirer autant que sa femme et que son unique employé, André, un trentenaire malingre mais nerveux. Assis sur un sac de pommes de terre, William observait le déballage du camion et la minutieuse mise en rayon de la marchandise. Le ballet des autres commerçants le fascinait tout autant. Il a passé sa matinée à traîner dans les allées du marché, comme un spectateur privilégié car préalablement présenté par Roger et, du coup, gratifié ici d'une tranche de saucisson, là d'un morceau de brioche… Motivé pour revenir une deuxième fois, il a vite déchanté quand sa mère l'a mis à contribution.

– Tiens, rends-toi utile et trie les abricots.

Six caisses de fruits trop mûrs, dont il ne resta, après plus d'une heure de labeur, qu'un demi-cageot de vendables. À peine eut-il fini qu'il devait recommencer avec des kilos de haricots verts dont les deux tiers étaient moisis. Les coulisses du marché devenaient soudain beaucoup moins passionnantes.

Après l'effort, le réconfort. Le jour des noces, donc. Une bonne cinquantaine de personnes attend devant la mairie et applaudit à l'arrivée des Carbonnier dans leur Mercedes bardée de tulle.

William repère immédiatement Amalia, Tabor, Patricia et Michel dans leurs habits du dimanche achetés spécialement pour l'occasion. Il ne les avait jamais vus aussi chic. Lui-même se sent très fier dans son costume et sa chemise à jabot assortie d'un petit nœud papillon noir. Il a à peine le temps de les embrasser que Danièle l'interpelle.

– William, viens que je te présente ta famille !

Le pire est qu'elle ne pense pas à mal en le haranguant de la sorte, ne se doutant absolument pas de son manque de tact vis-à-vis des Farkas. Pour preuve son sourire éclatant et son overdose de bonne humeur apparente. Normal en cette occasion, mais l'émotion palpable inhérente à une mariée est remplacée ici par une allure crâne, presque arrogante. Comme si cette imminente union n'était pas une bénédiction, mais une victoire.

– Tenez, le voilà mon grand gaillard ! dit-elle, montrant son fils tel un trophée.

– Ah ça ! Il est grand ! s'exclame l'une.

– Ce qu'il te ressemble ! remarque un autre.

– Alors ? Tu es content que ta maman se marie ? demande mielleusement une quadragénaire pincée, mais au moins assez polie, elle, pour s'adresser au garçon.

– Eh bien ! Réponds à ta tante Martine ! ordonne Danièle à William, qui a la tête du lapin pris dans les phares d'une voiture.

– Euh… Oui. Bonjour.

– Excusez-le, il n'est pas très dégourdi, enchaîne Danièle, l'air faussement contrit.

– Oh ! Pense donc ! le défend Martine, toujours mielleuse. Cela ne doit pas être simple de faire la connaissance d'autant de monde à la fois.

En l'occurrence, autant de monde, c'est Martine, la sœur aînée de Roger, dont le mari, Pierre, ricane bêtement derrière ; Lucie et Alfred, les parents de Roger ; Carmen, sœur cadette de Roger et célibataire. Et puis tous se détournent d'un coup de William pour se mêler à l'assemblée qui, appelée par l'adjointe au maire, s'engouffre dans l'hôtel de ville.

La suite est d'un convenu désarmant. Poignées de riz, cortège de voitures, concert de klaxons, champagne, menu pantagruélique, vin, pièce montée, mise aux enchères de la jarretière, bal… Déroulé classique d'une parade festive éphémère, avec son lot de danseurs approximatifs, de convives éméchés, de gamins énervés. William n'est pas de ceux-là. Après avoir dîné à la table des enfants et bien rigolé avec Paul, il erre nonchalamment dans la salle municipale enfumée prêtée par monsieur le maire au marié, nouveau ressortissant plein d'allant et de largesses. Il croit reconnaître, dans un coin, Carmen, en grande discussion avec André, l'employé de ses parents. Faut-il que l'orchestre, mené par un chanteur qui viole plus qu'il n'interprète *Vanina* de Dave, joue à tue-tête pour que les deux se parlent si près l'un de l'autre… Mais à l'évidence, l'encastrement subit de leurs bouches prouve qu'ils sont moins perturbés par les décibels que par leurs phéromones en ébullition.

– C'est souvent dans un mariage que les couples se forment, souffle Lucie à William qui n'avait pas vu sa grand-mère assise derrière lui, à côté de son mari, mais aussi d'Amalia.

– Et ce n'est pas forcément celui qui s'est passé la bague au doigt, ajoute Alfred, content de son trait d'esprit.

Le regard sombre que lui jette sa femme coupe court à son humeur badine. Assurée que son mari est rentré dans sa coquille, elle se tourne à nouveau vers son petit-fils.

– Et toi, tu as une copine ? Une petite amie ?

– Non, répond timidement William.

– Tu as bien le temps, va ! Et puis beau comme tu es, elles vont tomber comme des mouches.

Ne sachant quoi dire, le garçon va se blottir contre sa nounou.

– Ça va ? Tu te plais chez tes parents ?

– Oui. Mais tu me manques. Surtout le soir, devant la télé…

– Ah ! Ta maman ne te fait pas ça…

Et sa main de se perdre dans les cheveux de son protégé.

– Attends, ta maman a besoin de temps pour connaître ce que tu aimes. Il va falloir que tu sois patient.

– Tu ne connais pas ta chance de pouvoir demander des choses à ta mère, intervient sèchement Lucie. Tout le monde n'a pas cette aubaine.

– S'il vous plaît, madame, je vous en prie, rétorque avec fermeté Amalia.

– Oh ! Ça va ! Ce n'est plus un Mengelat, mais un Carbonnier maintenant. Il va bien falloir qu'il se fasse aux secrets de famille.

– Quel secret ? demande William, complètement perdu.

– L'information qu'il faut que tu retiennes, fils, c'est que tu portes désormais mon nom, dit Roger en s'asseyant à côté de sa mère, arrachant William à Amalia en le prenant par l'épaule.

– Évidemment, ça ne va pas te faire de belles initiales, mais ce n'est pas un nom de merde au moins ! ajoute-t-il, provoquant un éclat de rire bien gras de Lucie.

– Ce n'est pas très fin, ça, ose Alfred.

– Ah ! C'est sûr que l'humour et toi, ça fait deux ! lui balance Roger.

Alfred baisse de nouveau la tête, plus triste que vexé. Son fils l'a toujours méprisé. Et il n'y a pas de raison que cela change, maintenant que Roger affiche la supériorité des parvenus et l'aisance des astucieux. La majeure partie des invités présents forme une cour animée par la crainte et l'envie. Par le respect aussi, un peu. Car l'homme, souvent bourru, sait aussi faire preuve de compassion. Quand ça l'arrange, bien entendu. Avec William, l'attitude est, pour l'heure, paternelle. De circonstance, donc.

– Je vais faire de toi un homme ! lui dit-il gravement.

Loin de rassurer William, la promesse résonne en lui comme un ultimatum. Ignorant la mine tracassée de son fils, Roger l'entraîne à sa suite dans une chenille qui vient de les happer. Comme d'habitude, seule Amalia devine l'inquiétude qui taraude l'enfant, lequel s'éloigne inexorablement au milieu de ce petit train humain que la nounou rêverait de voir dérailler. Et en guise de soutien, elle ne peut que lui adresser un sourire d'une tendresse infinie. Le dernier avant longtemps.

– 6 –

Pas un lampadaire pour l'éclairer. Sa petite lampe de poche lui évite toutefois de tomber dans le fossé. Le chemin est incertain, truffé de nids-de-poule et parsemé de caillasses. Mais c'est le seul qui mène à l'arrêt d'autocar situé devant un garage en bord de route. À raison d'un passage par heure, il s'agit de ne pas le rater. L'école se trouve à une dizaine de kilomètres de chez lui et, pour ne pas être en retard, William doit être à la station à 7 h 30. Il part donc de chez lui un peu avant 7 heures, mettant un certain temps à parcourir dans les ténèbres hivernales son petit kilomètre matinal. Pressé par le stress, le froid et la peur du noir, il arrive toujours plus tôt qu'il ne le pensait. Il va alors se réchauffer près du brasero allumé par les mécanos. Ces derniers ont pris l'habitude de lui préparer un chocolat chaud. Eux, évidemment, n'en boivent pas. C'est Michel, un carrossier bien carrossé, de sa gueule de pâtre grec à sa carrure athlétique, qui se charge d'acheter le Benco pour ce gamin auquel il s'est attaché. William est ravi. Cette courte pause est son petit bonheur de la journée. Le bol à portée de lèvres, il raconte aux ouvriers le film ou le feuilleton qu'il a vu la veille. Le récit fini, tous retournent à leur ouvrage, sauf Michel qui s'enquiert du moral et du bien-être du garçon.

William lui a tout raconté. Du moins, ce qu'il sait. Évelyne Bateau, les Farkas et son arrivée dans le Nord, l'été dernier. Le garçon a trouvé en ce confident un grand frère secret. Il ne parle de lui à personne, et surtout pas à ses parents qui considéreraient comme une mauvaise fréquentation ce travailleur à la jugeote aiguisée. De fait, Michel n'est pas tendre quand il parle d'eux, se basant sur les dires de son jeune ami.

– Il y a plein de trucs qui ne collent pas dans leur passé. Excuse-moi, mais je te le répète : tes parents ne sont pas nets. Il faudrait que t'en saches plus sur ce qu'ils ont fait exactement, pourquoi ils ont décidé d'atterrir ici…

– Je leur ai demandé et je t'ai déjà dit ce qu'ils m'ont répondu.

– Oui, et ils restent toujours flous sur les boulots qu'ils faisaient. Toi-même, t'es incapable d'être précis. Et quand tu m'expliques qu'ils sont venus s'installer dans le coin parce qu'ils voulaient vivre au grand air, j'y crois moyen. Ça colle pas avec leur mental. Non, je suis désolé, je les sens pas, tes parents.

William non plus ne les sentait pas, mais l'instinct filial l'a emporté. Aussi a-t-il décidé de les aimer. C'est étrange comme résolution. Un peu comme si dans un agenda, aux cases Téléphone et Notes, s'ajoutait un encadré Sentiments.

```
Semaine 43
Sentiments
Aimer papa et maman.
```

Pas si incongru pour un écorché affectif. Le doute et l'insécurité corrompent toute logique. Alors, dans son cerveau immature, c'est acté : afin que ses parents s'attachent à lui, William les aimera. Ils ne sont pas parfaits, mais qui l'est ? Lui n'est certainement pas le fils idéal, à toujours vouloir des câlins et des mots doux. Il doit s'assumer, s'endurcir. Il se rappelle la fameuse phrase de John Kennedy qu'il a entendue dans un documentaire et qui l'a marqué : « Ne vous demandez pas ce que votre pays peut faire pour vous, mais ce que vous pouvez faire pour votre pays. » Il adore ce genre de déclaration savamment tournée qui dope le moral des troupes aussi sûrement qu'un sérum galvanisant. Et celle-là, il l'adapte à sa sauce, se répétant solennellement : « Ne pas me demander ce que mes parents peuvent faire pour moi, mais ce que je peux faire pour mes parents. » À lui de se montrer formidable, donc. À lui de les séduire. Ils le lui rendront bien assez tôt.

La réussite de son plan passe évidemment par une scolarité exemplaire. Son instituteur, monsieur Cuvelier, a rarement eu un élève aussi motivé. Il ne voit pas en William un de ces insupportables premiers de la classe ennuyeux, mais un joyeux drille passionné. Et il a tout loisir d'en profiter certains matins où le gamin arrive bien avant lui, sur le coup de 7 heures. C'est tôt, oui. Mais si l'école se trouve être sur la route du marché où ils se rendent, Danièle et Roger déposent leur fils en camion afin de lui éviter sa balade forcée dans l'obscurité. Soit au moins deux fois par semaine. Seul sur la place déserte face à un établissement encore fermé, il s'accroupit et bouquine, engoncé dans sa grosse doudoune. Un quart d'heure plus tard, Cuvelier arrive et l'invite à le suivre au chaud.

– Tu lis quoi en ce moment ?

– *Bennett et ses grenouilles.*

– Ah ? Je ne connais pas. De quoi cela parle-t-il ?

Amoureux du verbe, William adore le soin grammatical avec lequel s'exprime son professeur.

– Bennett vit dans un pensionnat et, avec son copain Mortimer, ils font plein de bêtises et de blagues. C'est le troisième que je lis et dans celui-là, il est président d'un club de sciences naturelles et il provoque pas mal de catastrophes. C'est très drôle.

– Sans doute, sans doute. Mais il serait peut-être temps que tu lises autre chose que la Bibliothèque verte, ne crois-tu pas ?

– Euh… Je ne sais pas, monsieur.

– Avant les vacances de Noël, je te recommanderai deux ou trois livres qui devraient te plaire et au style un peu plus ambitieux que les aventures de ton Bennett. Connais-tu Jules Verne, par exemple ?

– Non.

– C'est un auteur visionnaire qui a écrit de formidables romans de science-fiction et d'aventures. *Vingt Mille Lieues sous les mers*, *Voyage au centre de la Terre*, *Michel Strogoff*…

– Ah ! *Michel Strogoff* !

– Tu connais ?

– Non, moi j'ai lu *Mickey Strogoff*. Vous connaissez ?

Le professeur ne peut s'empêcher d'éclater de rire. Cet amalgame improbable entre la souris de Disney et le héros slave lui rappelle pourquoi il apprécie particulièrement ce jeune candide qui lui tient compagnie avant le début des cours.

– Ce livre existe vraiment ?

– Oui, dans la Bibliothèque rose. Je l'ai lu il y a longtemps.

– Il faut absolument que tu découvres le roman original. Tu as la chance de très bien savoir lire et, chose plus rare, d'aimer cela. Profites-en ! Allez ! Va t'installer à ta place. Il faut que je travaille.

Et voilà. William replonge sagement dans ses mondes imaginaires, en l'occurrence celui, brindezingue, de Bennett, tandis que Cuvelier finit de préparer ses leçons de la journée. Parfois, si celui-ci termine un peu en avance, il fait un peu réviser son élève qui est devenu une véritable épée en calcul mental, en orthographe et en histoire. Ses petits camarades ne sont pas en reste, tous assez brillants et disciplinés. Certes, ils n'ont guère le choix. Car le Cuvelier de la journée n'a rien à voir avec le Cuvelier du petit matin. L'homme, si patient et affable à son arrivée, devient, dès le retentissement de la cloche, intraitable et sévère. Malheur au grimaud qui hésite sur une table de multiplication ou une date historique ! La réponse doit fuser instantanément, sans quoi la règle carrée de Cuvelier s'abat d'un coup sec sur les doigts de l'infortuné appelé au tableau. Méthode d'une autre époque, réprouvée par l'Éducation nationale, mais Cuvelier ne veut rien entendre. Depuis trente ans qu'il exerce son métier, aucun élève n'a quitté sa classe sans savoir parfaitement compter, lire et écrire. C'est sa fierté. Sa mission. Son sacerdoce. Il sent bien que ça coince un peu chez certains parents, mais il s'en moque. Ce n'est pas une poignée de mécontents gangrenés par des germes soixante-huitards qui vont ébranler ses certitudes.

Roger n'est pas de ceux-là. Il ne se lasse pas d'écouter William lui raconter les exactions pédagogiques de son instituteur. Pour lui, la méthode porte ses fruits, cela ne fait aucun doute. Il n'y a qu'à voir le bulletin de son fils ! Un vrai tableau d'honneur ! Cet enthousiasme conforte William dans sa stratégie. Son père s'intéresse à lui. Mieux, il le flatte, vantant à tous ses notes en maths comme autant d'exploits incroyables. Il ne tarit pas non plus d'éloges sur les moyennes obtenues dans les autres matières, mais le daron a plus d'admiration pour la maîtrise des chiffres que pour le maniement du verbe.

– L'argent, ça se compte, ça ne se lit pas, assène-t-il.

Roger Carbonnier ne fait pas dans la dentelle intellectuelle. Soit on vise Polytechnique ou, à la rigueur, l'ENA, soit on vise une profession libérale lucrative, comme lui le commerce. Toute orientation littéraire, philosophique ou, pire, artistique lui paraît suspecte, réservée aux losers et aux homosexuels. Ses raisonnements rétrogrades sont sans appel, développés avec une faconde poujadiste. Son entourage l'écoute religieusement, épaté par des sorites en mousse mais imparables pour des esprits influençables. William s'engouffre évidemment dans l'ornière, bien décidé à suivre l'indiscutable parole paternelle. Et quelle n'est pas sa joie quand son maître à penser lui propose de travailler sur les marchés les mercredi et dimanche, quand il n'a pas cours !! L'un y voit une main-d'œuvre économique, l'autre y décèle une marque de confiance. Tout le monde est content.

Payé 5 francs la matinée, le petit commis ne rechigne pas à la tâche. Trop jeune pour la vente à la pesée, il est assigné aux produits à la pièce. Il écoule salades et choux-fleurs en donnant de la voix, attirant des clients amusés par ce camelot en herbe.

– Il a la fibre, n'est-ce pas ? s'enorgueillit Danièle auprès de ménagères enchantées.

– Ah oui ! Il a un sacré bagou pour son âge. C'est votre fils, n'est-ce pas ? C'est fou ce qu'il vous ressemble !

Gonflé d'assurance, William hurle alors encore plus fort et harangue avec humour les passantes.

– Je suis chou, vous êtes une fleur, achetez un chou-fleur !

Sincèrement épaté par le bagou de son employé à moindre coût, Roger le paye une fois la marchandise remballée, avant d'aller prendre un verre avec ses voisins d'étal. Et c'est avec la satisfaction du devoir accompli que le primo-salarié devient un consommateur digne de ce nom, capable de s'acheter ce qu'il désire. Comme première emplette, il opte pour un 45 tours, *Difficile de choisir*. Une scie qui passe en boucle depuis plusieurs mois à la radio. L'interprète est un gamin de quatorze ans, Noam, repéré par Mike Brandt et qui connaîtra un peu plus tard un succès phénoménal en chantant le générique de *Goldorak*. Si William, à l'instar de la France entière, a craqué pour le tube qu'il vient d'acquérir, ce n'est pas tant pour le timbre larmoyant du jeune artiste que pour les paroles qui l'émeuvent, complainte d'un enfant déchiré par la séparation de ses parents. Naturellement, Roger goûte peu ce genre de jérémiades.

– Il chante pas, il pleurniche ! assène-t-il abruptement après que son fils a passé le morceau sur la chaîne stéréo.

William se garde bien de le contredire et file dans sa chambre, où il réécoute le hit, mais dans son mange-disque et à volume bas.

– C'est un sensible, cet enfant, déclare Carmen. Va falloir que t'y ailles mollo avec lui.

La sœur de Roger a pérennisé sa liaison avec André et, du coup, s'est installée chez les Carbonnier. Plantureuse et un peu trop consciente de ses atouts affriolants, c'est une grande gueule avec un cœur gros comme ça. Elle adore son frère, mais ne supporte pas sa rudesse et cette insensibilité qu'elle jure feinte et exacerbée pour impressionner son petit monde.

– Qu'est-ce que t'appelles y aller mollo ? Tu trouves qu'on est trop dur avec lui ? demande Danièle, vindicative.

Danièle et Carmen sont depuis toujours les meilleures ennemies. La première, malgré une insolente beauté, ne supporte pas le côté aguicheur de l'autre qui, du haut de ses vingt-cinq ans, affiche une jeunesse arrogante. La seconde doute de la sincérité de l'autre, qu'elle considère comme une opportuniste ayant mis le grappin sur son winner de frère. Et celui-ci est fatigué de devoir prendre parti à chaque crêpage de chignon.

– Ah ! Vous n'allez pas commencer, toutes les deux !

– T'énerve pas, mon chéri. Je veux juste savoir. S'il y a un truc qu'on fait de travers avec William, que ta sœur nous dise quoi. Après tout, elle s'y connaît tellement bien en enfants…

– Pas besoin de s'y connaître en enfants pour comprendre que ce gamin a besoin d'être préservé un minimum, et la prévention passe par l'information. Vous devez lui transmettre les informations en douceur.

À côté, le mange-disque vient de recracher le chagrin en galette de Noam. Sans le vouloir, William entend la conversation et se demande pourquoi sa tante Carmen voudrait qu'on lui débite des informations avec douceur. Pour lui, les informations sont débitées à la radio ou à la télé, et ça ne le traumatise pas plus que cela.

Il n'est pas bête, William. Il est innocent.

– Mais qu'est-ce que tu connais à la psychologie des enfants, toi ? s'énerve Danièle. Rappelle-moi, t'en as combien ? Ou plutôt non, excuse-moi, t'as failli en avoir combien ?

– T'es vraiment une dégueulasse ! En attendant, je préfère avoir failli en avoir qu'en avoir eu et les laisser derrière moi.

Roger a anticipé la montée de tension. Il s'est déjà levé de son fauteuil pour stopper d'un bras sa femme sur le point de gifler Carmen, également prête à en découdre.

– Vous me fatiguez, là ! Vous posez vos culs et vous fermez vos gueules !

Le silence retombe d'un coup. Même William ose à peine bouger sur son lit pour éviter un petit bruit de ressort. Il cogite à plein régime et passe en revue ce qu'il a entendu. Carmen reproche à sa mère de l'avoir abandonné chez Amalia, c'est clair. Mais pas que ça. Il y a autre chose qui le tracasse. Ah oui ! Voilà. « En avoir eu et LES laisser derrière [elle] »… C'est quoi ce LES ? Il a toujours été seul à ce qu'il sache.

Il souffle de désespoir. Éclaircir ce détail, c'est affronter sa mère qui n'a pas l'air très chaude sur le sujet. À moins que ce LES ne soit une faute de français… Ou un lapsus. Révélateur ou pas, là est la question. Qu'il décide de ne pas poser. Et, si possible, d'oublier.

– 7 –

Le cri est abominable. Entre la hyène qui rit et le cochon qu'on égorge. Michel est embarrassé et atterré, face à un William au visage cramoisi parce qu'il a bien failli s'étouffer avec son hurlement ridicule. Comme beaucoup de ses copains, il s'est appliqué à reproduire « le cri qui tue », l'arme secrète de Docteur Justice, médecin humanitaire et redresseur de torts dont les aventures paraissent chaque semaine dans *Pif Gadget*. Dimanche dernier, il a vu le film tiré de la bande dessinée, d'une facture artistique assez médiocre mais qu'importe ! L'essentiel était d'apprécier le héros en chair, en os et en costume toujours impeccable malgré une pratique intense des arts martiaux pour terrasser des méchants. Et avec son « cri qui tue », donc. Trois mois qu'il serine Michel avec ce justicier et la classe internationale avec laquelle il distribue mandales et coups de pompe. Le carrossier, qui a remporté quelques coupes dans des championnats régionaux de jiu-jitsu, a pensé qu'il ne serait pas inutile de ramener le doux rêveur à la réalité et lui a proposé de l'initier à ce sport de combat. C'est ainsi que chaque mercredi et dimanche, en fin d'après-midi, le garçon, habillé d'un survêtement, se rend à vélo chez son ami, dans une maisonnette assortie d'un garage faisant office de dojo.

Passé la déplorable démonstration sonore, Michel demande à son disciple de s'asseoir en tailleur et de l'écouter attentivement.

– Je ne vais pas t'apprendre à te battre, mais à te défendre. Tu saisis la nuance ?

– Oui.

– C'est important, William. C'est sérieux. On n'est pas dans un film ou une bande dessinée, là. Ce que je vais te transmettre, c'est un état d'esprit. Le jiu-jitsu, c'est l'art de la souplesse. La souplesse du corps, mais de l'esprit aussi. Une forme de sagesse, tu comprends ?

– Mais oui ! Arrête de t'inquiéter !

– Ben si, je m'inquiète, justement ! Je te sens impatient d'apprendre à te battre et c'est pas bon, ça !

– Je suis impatient parce que j'ai pas tout mon temps. Je dois être rentré dans une heure.

Évidemment, il n'a pas dit à ses parents où il allait. Sa relation avec Michel appartient à son jardin secret. Pour prétexter son absence, il annonce une volonté de faire régulièrement de l'exercice. Du vélo. Après tout, c'est à moitié vrai. Et puisque ses parents, de toute évidence, lui cachent des choses, il a bien le droit de prendre exemple sur eux. Il ne se sent pas fautif. Il est combatif. D'ailleurs, le jour où son père découvrira cette facette de lui, il sera fier, c'est sûr.

Alors, assidu et discipliné, il se plie scrupuleusement à l'enseignement de son éducateur et progresse vite. À ce rythme, il s'imagine, dans quelques années, un savant mélange de Bruce Lee et de Kwai Chang Caine, dit Petit Scarabée dans la série *Kung Fu* – qui le fascine tout autant que le docteur Justice. Sauf qu'après quelques semaines, il va devoir mettre un mouchoir sur ses rêves martiaux.

En cette fin de journée de février, il ne sait pas encore, quand il rentre chez lui, qu'il vient de prendre son dernier cours avec Michel. Il sent néanmoins une drôle d'ambiance à la maison. Un truc pas net se trame. Lucien, comme tous les jours de sa vie, est attablé avec son verre de vin, le feu crépite dans la cheminée, la télé est allumée… En apparence, tout est normal. À l'exception de ses parents et de sa tante qui s'agitent plus que d'habitude. Danièle court dans tous les sens, ralentissant le pas quand elle traverse la pièce principale avec un sourire exagéré à l'adresse de Lucien, qui lui renvoie un sourire poli avant de se replonger dans le journal régional de FR3. Roger trie factures et quittances avec une mine tourmentée. Carmen scotche fébrilement des cartons dans sa chambre.

– Tu fais quoi ? Tu t'en vas ? lui demande son neveu.

– T'occupe ! Va mettre la table. Dès qu'André arrive, on dîne.

Le susnommé arrive peu de temps après. Et le dîner est effectivement servi aussitôt. Pas un mot n'est prononcé, sinon des banalités affligeantes qui plombent un peu plus l'atmosphère. La météo, la température de la soupe, vous reprendrez bien un verre de vin, Lucien ?.... Celui-ci, désarçonné par le singulier manque de conversation de ses hôtes, ne s'éternise pas et, son café à peine avalé, lève le camp.

– Et ben, au revoir. À demain, hein ! lance-t-il, mal assuré.

– À demain ! répondent en chœur les quatre adultes en le fixant bizarrement.

– Va voir ! ordonne Carmen à André, quelques secondes après que le voisin est sorti.

Le fiancé se précipite à la porte, passe la tête au dehors et se retourne.

– C'est bon ! Il a passé la barrière !

D'un bond, tous se lèvent et s'éparpillent dans la maison. Roger en sort et ouvre grand les portes de son camion, totalement vide, garé dans l'allée. Il revient en trombe et file vers sa chambre. William observe le manège sans rien demander. De toute façon, on ne lui dit jamais rien. Mais quelle n'est pas sa surprise quand il voit repasser son père et André, ahanant sous le poids du lit qu'ils portent et enfournent dans le bahut.

– On aurait pu retirer le matelas, ç'aurait été moins lourd ! se plaint le beau-frère.

– Pas le temps ! T'as vu tout ce qu'on a à charger ! lui répond Roger.

Et les deux de saisir un buffet, tandis que Carmen s'empare des chaises et que Danièle cale grossièrement avec du papier journal des piles d'assiettes dans un cageot vide.

– Mais vous faites quoi ? demande enfin William. Vous déménagez ?

– *Nous* déménageons ! précise Danièle. Toi aussi ! Va dans ta chambre, je t'ai descendu ta valise. Tu y mets tout ce que tu peux. Tu laisses le reste dans l'armoire, on la prendra comme ça.

– Mais… Et l'école, demain ?

– Demain, t'oublie ! lui répond son père en s'emparant d'un fauteuil. T'y vas pas. Et quand t'y retourneras, ce sera dans une autre école. À Paris.

– On repart vivre à Paris ?!

– Oui. Ici, il fait trop froid, c'est l'enfer !

Déjà que la situation frise le burlesque, l'argument achève William. Ses parents sont donc capables de changer de vie dans l'heure pour une histoire de climat ! OK ! C'est entendu, il est dans une famille de dingues. Ce n'est pas pour lui déplaire. D'abord, il se rapproche enfin d'Amalia, qu'il n'a pas revue depuis le mariage. Ensuite, il a l'impression de jouer dans un film, de participer à une aventure, et il se prend même à rire quand il voit passer sa mère avec une bassine de vaisselle sale qu'elle glisse dans le camion sous la table couverte d'une nappe. Gagné par l'excitation, il remplit sa valise à la hâte, met pêle-mêle livres, disques et bandes dessinées dans des sacs en plastique, empile les boîtes de jeux qu'il ajoute au gigantesque bordel à l'arrière du poids lourd. Il ne reverra plus ses potes, il ne sera jamais champion de jiu-jitsu, mais il aime l'idée que tout le monde se demandera où il est passé, ce qui lui est arrivé. Il restera un mystère et jubile presque en imaginant qu'on échafaudera mille et une hypothèses sur son compte.

Celui qui a dit qu'un déménagement provoquait un stress égal à celui subi lors d'un bombardement reconsidérerait ici sérieusement sa théorie. C'est dans une allègre frénésie que le lieu est vidé. En deux heures, la maison est entièrement débarrassée de son mobilier et de tout signe d'occupation. Seules quelques braises dans la cheminée attestent une présence récente. Le lendemain matin, il ne restera guère qu'une odeur de bois fumé… Et Roger, au volant de son camion, d'être pris d'un irrépressible fou rire.

– Qu'est-ce qu'il t'arrive ? lui demande Danièle.

– Je pense juste à la tête de Lucien quand il va débarquer demain matin !

Danièle rit à son tour. William aussi qui, assis entre les deux, savoure cet instant de complicité.

André et Carmen sont moins à la fête. Chargés de conduire la Mercedes, ils roulent prudemment derrière.

– Faut-il que je t'aime pour te suivre comme ça et tout lâcher ! avoue André, visiblement contrarié. J'étais persuadé qu'elle était à lui, cette baraque !

– Mais moi aussi ! Et tout le monde le croyait, d'ailleurs. Comment voulais-tu que je me doute qu'il la louait à des Alsaciens ! Et quelle idée, pour des Alsaciens, d'acheter une maison dans le Nord !

– Qu'est-ce qu'il y a de si incroyable à ce que des Alsaciens aient une maison de campagne dans le Nord ? rétorque le ch'ti, vexé par les sous-entendus de sa chérie.

– Comme s'ils ne se pelaient pas assez chez eux !

– Si ton frangin se faisait un peu moins de black et payait un peu plus ses dettes et ses loyers, je suis sûr qu'il s'acclimaterait mieux à la région, que ce soit ici, dans le Sud ou n'importe où.

– Allez ! Arrête de râler ! On va être bien à Paris. Et puis ça te fera pas de mal de changer d'air.

Pour l'heure, c'est Roger qui respire. Son départ à la cloche de bois le met d'une humeur joviale. Il sifflote gaiement, au grand étonnement de William qui ne l'a jamais vu ainsi.

– Tu es certain qu'ils ne vont pas te retrouver ? l'interroge subitement Danièle.

– Combien de fois faut-il que je te le répète : comment veux-tu qu'ils me retrouvent puisqu'ils n'ont rien sur moi ! On a toujours tout fait de la main à la main ! Et quand bien même, s'en prendre à moi, c'est s'en prendre à Alberto. Ils ne s'y risqueront pas, va.

William ignore qui est cet Alberto mais comprend sans peine que ce départ précipité n'a finalement pas grand-chose à voir avec la météo. Bah ! Ça ajoute du sel à la situation. Le voilà maintenant en cavale, roulant dans la nuit noire avec un papa hors-la-loi. Michel lui dirait qu'il n'est jamais que sur l'autoroute du Nord avec des parents endettés, mais William s'en fout. La réalité l'ennuie. Alors il la tord et l'adapte à ses fantasmes. Et c'est avec la promesse de lendemains pleins de surprises qu'il s'endort sereinement, bercé par le ronflement du moteur et les voix de Danièle et de Roger, ses héros du moment.

– 8 –

C'est le terme « résidence » qui a plu à Roger. Ça sonne bien à l'oreille, résidence. Ça fait riche. Ça fait penser à « résidence secondaire ». Et puis un appartement dans une résidence, c'est quand même autre chose qu'un trois pièces dans une cité. Du moins, pour Roger. Parce que franchement, là tout de suite, la différence n'est pas probante. Ladite résidence où se sont installés les Carbonnier se trouve à cent mètres de la cité où habite Étienne, devenu immédiatement le meilleur copain de William quand celui-ci a intégré sa nouvelle école. Eh bien, ce dernier a beau chercher, il ne fait pas le distinguo entre les deux ensembles d'immeubles. Le sien est un peu moins haut et moins imposant, mais son pote ne vit pas non plus à Fort Alamo. D'autant que le quartier est tranquille, situé dans le haut d'Ivry-sur-Seine, à deux encablures du périphérique – et donc de Paris, détail surligné par Danièle et Roger chaque fois qu'ils donnent leur adresse.

De toute façon, ils n'ont pas trop eu le choix de leur point de chute, pressés par leur départ inopiné sans avoir prévu où poser définitivement leurs valises. Ils ont d'abord squatté le canapé-lit du salon d'Alfred et Lucie. Pour William, c'était un petit matelas installé le soir dans le couloir. Les grands-parents habitant dans le bas d'Ivry, tout le monde a commencé par démarcher dans les environs. Carmen et André, installés au début dans un hôtel dit paradoxalement « de fortune » car miteux, ont eu la chance de décrocher un cinquante mètres carrés dans une HLM à proximité. Une opportunité d'Alfred, communiste pratiquant dont les relations au sein de la mairie avaient enfin servi à quelque chose. Parti sur sa lancée, il assurait pouvoir en obtenir un autre dans peu de temps pour Roger et les siens. Proposition méchamment balayée par son fils.

– Tu me vois vivre dans une cage à lapins ? Tu m'as pris pour un autre ou quoi ? Ton problème, c'est que tu vois toujours petit.

– Et le tien, c'est que tu vois toujours trop grand ! a osé lui répondre Alfred.

Plus exactement, Roger ne voit pas, mais envisage toujours plus grand. Il se persuade du meilleur. Il enjolive. Il enrobe. Il se la pète, oui.

Parce que bon, le soixante-dix mètres carrés « résidentiel » qu'il a déniché, ce n'est pas encore le penthouse de folie qu'il rêve d'avoir un jour. Ça ne l'empêche pas de s'en arranger avec une certaine morgue. D'ailleurs, il n'a pas manqué d'organiser une pendaison de crémaillère où amis, famille et voisins étaient invités à boire du champagne à volonté. L'occasion pour William de revoir Amalia. Il l'a trouvée l'air ailleurs, tracassé. Il a aussi remarqué le visage émacié de Tabor, son corps anormalement amaigri. En revanche, Patricia lui a paru incroyablement belle, épanouie, ici comme une fleur éclose mélangée à des mauvaises herbes. Son frère Michel, lui, n'est pas venu, retenu par des révisions.

– Il prépare Polytechnique ? a demandé Roger à Tabor.

– Tu parles ! Lui préparer merde, oui ! Il vouloir devenir professeur littéraire. Moi, je paye pas études pour ça !

– T'as raison. Laisse-le se démerder et bouffer un peu de vache enragée, que ça devienne pas un de ces étudiants qui chauffent les bancs de la fac aux frais de leurs parents. Moi, je vais te dire, avec William, ce sera très clair : si c'est pas le *number one* de chez *one*, je le sors de l'école à seize piges et je le mets direct au taf.

À bon entendeur, pas de salut ! William sait que cette épée de Damoclès lui tombera forcément dessus. Avec monsieur Cuvelier, il était très bon. Avec monsieur Barraquay, il est moyen. Déjà, quand il a appris le nom de son nouvel instituteur, il n'a pu s'empêcher de sourire – le bonhomme étant épais comme une ablette… Pris en grippe, il a droit à toutes les questions pièges, est régulièrement appelé au tableau pour une interro surprise, se retrouve collé au moindre chuchotement. Du coup, il s'applique plus encore, travaille d'arrache-pied, ne se laisse pas distraire… Ses camarades mettent naturellement au ban ce petit nouveau trop sérieux, qui plus est dans le pif de l'instituteur. Cette antipathie leur vaut un blanc-seing. Dans la cour, ils le charrient ou le dédaignent. Seul Étienne lui parle, bravant l'avis de ses copains. Son amitié pour William est sincère, nouée au fil de discussions lors de leur trajet scolaire quotidien. Chaque matin, il cueille son voisin pour aller prendre le bus. Chaque après-midi, il le laisse devant chez lui. Ils parlent de films, de bandes dessinées, de livres… Bref, de tout ce qui passionne William depuis toujours. Et Étienne, aussi. D'où leur entente.

Toutefois, parce que la raison du plus fort est toujours la plus crainte, l'ostracisme contre William va se transformer en un mélange de considération et de déférence au détour d'une récréation. Trois lascars, dont deux redoublants un peu plus larges d'épaules, bousculent volontairement William et lui demandent de présenter des excuses. Cas classique de soumission par l'humiliation. L'offensé a vu cela mille fois dans *Kung Fu*. Il pourrait facilement se fendre d'un *tsukkake*, à savoir un coup de poing dans la face de celui qui semble être le leader, mais il se souvient des préceptes de Michel, son instructeur éphémère. Surtout, il savoure cet instant où, comme atteint de schizophrénie, il se prend carrément pour Kwai Chang Caine. Et de présenter ses excuses. Qui, bien entendu, ne sont pas au goût du trio.

– Allez, foutez-lui la paix ! le défend Étienne, pas du tout rassuré. Il s'est excusé, c'est bon.

– Non, c'est pas bon, répond un des redoublants. Toi par exemple, tu t'es pas excusé.

À peine a-t-il poussé violemment Étienne en lui tapant du poing sur l'épaule, que le pied de William cogne le tibia de l'agresseur, avant que sa paume ne frappe le plexus de son comparse et que sa tête ne finisse dans celle du chef. L'enchaînement a été si rapide que le surveillant n'a rien vu. Quand il se retourne, alerté par des cris, il constate qu'un élève perclus de douleurs se tient la jambe, à côté d'un autre qui suffoque et d'un troisième dont le nez pisse le sang.

– Mais il se passe quoi ici ? s'exclame le pion, affolé.

– Il se passe que je nous ai défendus, répond calmement William, l'air satisfait.

– Eh ben tu vas répéter ça au directeur. Tu feras moins ton fier, après ! Allez !

L'engueulade du proviseur, assortie de menaces de signalement de son comportement à la police, n'effraie pas plus que cela le garçon. En revanche, il blêmit quand le principal se saisit du téléphone pour appeler ses parents. Devant l'absence de réponse, il inscrit rageusement une convocation dans le carnet de correspondance.

– Et tant que je ne les ai pas vus, tu ne remets pas les pieds à l'école, c'est compris ?

– Oui, c'est compris, répond William, effectivement beaucoup moins fier.

Il n'a jamais vraiment connu les foudres de son père. Et il n'est pas pressé de les connaître.

– Qu'est-ce que je vais prendre, confie-t-il à Étienne en attendant le bus qu'il espère ne jamais voir arriver.

– Qu'est-ce que tu leur as mis surtout, rétorque son ami en lui souriant. Maintenant, c'est sûr, tout le monde va te foutre la paix. Même Barraquay n'osera plus t'appeler au tableau ! Mais comment t'as fait ? Où est-ce que t'as appris à te battre ?

– Je te jure, c'est la première fois. C'est venu comme ça !

Il lui raconte Michel, le carrossier champion d'arts martiaux, son entraînement clandestin, l'arnaque du cri qui tue…

– T'as essayé l'arme secrète de Docteur Justice ?!

– Oui, mais je te dis, c'est bidon.

– On est trop petit, c'est pour ça.

– Mais non, Michel me l'a assuré. Ça n'existe pas le cri qui tue. Ou si ça existe, ça va être celui de mon père tout à l'heure…

William a mis le couvert et fait chauffer une soupe en sachet quand il entend la clef s'introduire dans la serrure. Sa mère le félicite d'avoir ainsi tout préparé. Avant que son père embraye sur un éventuel compliment, il leur avoue tout d'un bloc. La provocation, la bagarre, le proviseur, la convocation, le renvoi.

– Ils étaient combien, tu dis ?

– Trois.

– Et tu les as séchés ?

– Non, je leur ai donné un coup à chacun, c'est tout.

– Ok ! J'irai voir ton principal demain matin. Maintenant, je vais te donner un conseil : si tu te bastonnes, fais-le en dehors de l'école. À l'école, tu dois rester impeccable, tu m'entends ?

Oui, il entend. Il n'en croit pas ses oreilles, mais il entend. Et il est encore plus abasourdi quand Roger s'approche de lui et le serre dans ses bras.

– Sois le meilleur de ta classe et montre-leur ce que vaut un Carbonnier, lui dit-il la voix pleine d'orgueil.

William en pleurerait de joie. Sans le savoir, il a passé l'épreuve du feu, réussi l'ultime challenge nécessaire à sa folle ambition affective. Son père le considère. Mieux, il l'aime enfin. Sa mère également, qui lui attrape les mains collées dans le dos de Roger.

– Puisqu'on va dîner tôt et que le petit n'a pas école demain matin, on pourrait peut-être aller au cinéma à la séance de 22 heures ? lance-t-elle.

Le pompon. La cerise sur le gâteau. Qui manque se transformer en soupe à la grimace quand la petite famille est rembarrée à la caisse du cinéma. *Les Dents de la mer* est interdit aux moins de treize ans, et William est loin de les paraître. Roger a l'idée de tenter leur chance dans une salle au pied de la tour Montparnasse où, tandis que l'un prend les billets, les deux autres attendent devant la porte de la salle. L'ouvreuse ne tique pas et le stratagème fonctionne. Le jeune contrevenant est tout excité à l'idée de voir ce film dont tout le monde parle depuis des semaines. Durant la projection, il s'amuse des hurlements de frayeur du public. Lui aussi sursaute et serre les dents quand Quint, le vieux loup de mer, passe ses ongles sur le tableau avant d'expliquer à l'assistance comment il va attraper le « bestiau ».

Mais au cours du film, William ressent quelque chose de plus profond que le simple plaisir généré par le divertissement. Il découvre, au-delà des images et de l'histoire, l'agencement des premières et la construction de la seconde. Il découvre l'essence du cinéma. En sortant, tandis que ses parents fument une cigarette, il scrute l'affiche et le nom du responsable, inscrit tout en bas en petites lettres : « Réalisé par Steven Spielberg. » William ignore qui est ce bonhomme, mais il se dit qu'il fait un sacré métier. Et qu'il le fait bien. Et que lui-même, quand il sera grand, ferait bien la même chose.

William vient de découvrir sa passion. Inébranlable. Dévorante. Salutaire.

– 9 –

Cet été-là, les vacanciers vont se baigner avec une certaine appréhension. Ils prennent garde à ne pas trop s'éloigner du bord et ne s'attardent pas dans les zones au fond un peu sombre. Ils savent bien qu'ils ont aussi peu de probabilités de croiser un grand blanc dans la mer Méditerranée qu'un grizzly dans la forêt de Fontainebleau, mais ils restent durablement traumatisés par *Les Dents de la mer.* Des lourdauds s'amusent à attraper sous l'eau le mollet de leurs compagnes, des adolescents miment grossièrement la première victime du squale en carton en se secouant dans tous les sens… Confortablement installé sur un transat, William ne se lasse pas de constater les effets secondaires provoqués par ce long-métrage. Pour rester dans l'ambiance, il a décidé de lire *Vingt Mille Lieues sous les mers,* dont monsieur Cuvelier lui avait parlé.

L'illustration de couverture promet une pieuvre géante, ça devrait le faire !

Ce qui le fait, pour l'heure, ce sont ses conditions de villégiature. Il a *open bar* à la plage privée où il passe le plus clair de son temps. Et ce pour deux mois ! Descendus à Antibes, ses parents tiennent tout l'été un stand de glaces à l'italienne et de barbes à papa devant un café face à la mer. Une opportunité saisonnière qui rapporte gros. De temps à autre, Danièle rejoint son fils pour un peu de bronzette. Et ce dernier profite de tous les avantages mis à disposition, à commencer par le pédalo dont il est devenu un adepte. Encore qu'il ne s'aventure pas trop loin. Pas à cause d'un hypothétique requin, non. Simplement parce qu'il ne sait pas nager.

Roger estime d'ailleurs qu'il faut pallier cette lacune. Il lui assigne un professeur particulier qui lui donne une heure de cours chaque jour. Au bout d'une semaine, le maître-nageur invite son élève à venir s'asseoir avec lui sur une longue planche, et se met à pagayer sur une centaine de mètres. William apprécie la balade, avant de s'inquiéter de l'absence de brassards sur l'austère embarcation.

– J'ai parlé avec ton père et il est d'accord avec moi : il est temps de te jeter à l'eau. Au sens propre !

– Mais je ne sais pas nager !

– Mais si, tu sais ! Tu vas répéter les mouvements qu'on a appris tout au long de la semaine dernière. Tu as de la chance : on apprend beaucoup mieux en mer qu'en piscine.

– Et si je veux pas sauter ?

– Ah ! Je crains que tu n'aies pas le choix. S'il le faut, je retourne la planche et tu seras bien obligé de te démerder. Allez ! Fais-moi confiance. Fais-*toi* confiance, surtout !

William est donc tombé sur le maître-nageur le moins psychologue de la côte. Le plus con, disons-le. Combien d'enfants ont été pris de phobie aquatique après qu'un père inconscient les a bêtement balancés dans le grand bain ?

William réfléchit. Hésite. Se tortille. Scrute la plage. Envie les baigneurs qui, les pieds dans le sable, jouent à se faire peur entre deux vaguelettes. Et l'autre qui le rappelle à la réalité en faisant dangereusement tanguer la pirogue…

– C'est bon, c'est bon ! Attendez ! Je vais y aller ! balbutie le malheureux devant ce représentant de l'autorité en qui son père, apparemment, a placé sa confiance.

Au demeurant, c'est cette approbation paternelle qui le convainc de se laisser glisser dans l'eau. Ne pas le décevoir. Ne pas perdre son estime. L'étonner. L'épater.

Et nager, donc.

– Tu vois ! Qu'est-ce que je te disais ! commente l'autre, ramant à côté, sûr de lui.

La brasse est un peu désordonnée. On dirait une grenouille victime de chorée. Mais il avance. Coûte que coûte. Les encouragements de l'abruti qui l'accompagne n'y sont pour rien. Seul le respect de Roger lui importe. Il l'a gagné il y a quelques semaines. Et il le conservera. À tout prix.

D'ailleurs, mieux qu'un prix, il rapporte un diplôme et une médaille en argent. C'est de l'étain, mais Roger ne chipote pas. Il félicite son fils et exhibe à bout de mains le précieux parchemin qui atteste noir sur blanc la performance « 100 mètres nage libre ».

– Vous vous rendez compte ? Il y a encore une semaine, il ne pratiquait que la pierre coulée !

– La pierre coulée ? s'interroge le patron du café.

– Oui, une invention à lui. Il se laissait couler au fond de l'eau, faisait trois mouvements bidon et jurait, en remontant, qu'il avait avancé.

William se régale les oreilles et l'ego. Il savoure une glace et file se changer à l'appartement pour une soirée restau-cinéma que lui ont promise ses parents. Ils logent dans un immeuble près du café, au huitième étage, vue imprenable sur la mer. Il y a même une terrasse sur laquelle le garçon se tanque un long moment, la nuit venue.

Il repense au *Voyage fantastique de Sinbad* qu'il vient de voir. Il a reconnu dans le rôle principal l'interprète de Docteur Justice. Il a fait part de cette information à Danièle et Roger, qui n'ont rien trouvé d'autre à lui répondre qu'un : « On s'en fout un peu, non ? » Message reçu. Ne pas trop parler de cinéma avec eux. Ne pas les contrarier.

C'est dans ce souci de préserver une bonne ambiance que le lendemain midi, quand son père lui apporte un sandwich au gruyère en guise de déjeuner, il tait son aversion pour le fromage. Il l'avait bien signalée et ses parents semblaient avoir accepté cette exceptionnelle inappétence chez ce garçon pas bien difficile question nourriture. Roger avait dû oublier ce détail. Aucune importance. William n'a pas très faim et une barre chocolatée sur la plage fera bien l'affaire. Son père parti, il prend sa serviette de bain et attrape le sandwich, qu'il jette dans le vide-ordures. Soulagé, il attend sereinement l'ascenseur dont sort son père.

– Tu as oublié quelque chose ? lui demande William, à la fois surpris et mal à l'aise.

– Oui, répond distraitement Roger.

Avant d'ajouter en enfonçant la clef dans la serrure :

– Tu as mangé ton sandwich ?

– Oui, bredouille William.

– Tu es sûr ?

Cette insistance ne présage rien de bon. William en a conscience. Il reste néanmoins sur ses bases.

– Oui. Il était bon.

Une fois dans l'appartement, Roger se précipite vers la poubelle.

– Je vois ça ! Il était si bon que t'as mangé le papier d'emballage.

– Non, je l'ai jeté dans le vide-ordures.

– Ah ! Très bien. Allez ! Descendons.

Si les ascenseurs prenaient en compte le poids de certains silences, la cage où sont collés William et Roger s'écraserait à cause d'une surcharge de deux tonnes. Et puis pas simple d'être à l'aise quand on se sent coupable, simplement vêtu d'un maillot de bain et d'une paire de claquettes, face à une masse au visage faussement bienveillant. Arrivé au rez-de-chaussée, William se dirige prestement vers la sortie.

– Attends ! le hèle son père. Viens avec moi.

D'un coup, le gamin n'a plus de jambes. Une flaque. Il n'avance pas, il se traîne.

– Viens, je te dis ! Il y en a pour une minute !

Il arrive, il arrive ! Mais lentement. Un condamné n'avancerait pas plus rapidement vers la guillotine. Quand il parvient dans l'arrière-cour, son appréhension laisse place à un mélange de stupéfaction et d'effroi. Son père est donc allé vérifier ses dires dans le local à poubelles ! Et il en ressort avec le sandwich, récupéré sur le tas d'ordures.

Le gamin, tétanisé, ne voit pas arriver la gifle. La première de sa vie. Balancée en une fraction de seconde avec le revers de la main. La chevalière lui a fendillé la lèvre et heurté la gencive. Il a moins mal que honte, sentant la chaleur de l'urine qui coule le long de sa jambe dénudée.

– Que tu n'aimes pas le fromage, passe encore. Mais que tu sois un menteur, là, on ne va pas s'entendre. On va régler deux problèmes en un. Je vais te faire passer l'envie de me prendre pour un con, et tu vas apprendre à manger de tout. Tiens !

Il lui tend le sandwich à l'emballage souillé par les immondices. Bras croisés et planté au milieu de la courette, il ne lâche pas du regard son fils qui mange péniblement son casse-croûte. Les larmes inondent les joues du malheureux, le goût métallique du sang se mélange à celui fermenté du gruyère, et le soleil a déjà séché ses jambes devenues collantes. Le calvaire dure un quart d'heure. Une éternité.

Quoique l'éternité puisse se révéler très relative. Car si la consommation de ce sandwich a paru interminable pour William, que dire de celle du camembert proposé en fin de dîner, le même soir ? Roger coupe lui-même une portion qu'il met dans l'assiette de son fils.

– Tu vois, ce n'est pas un gros morceau. Tu le manges et on n'en parle plus.

L'air contrit, William lance un regard désespéré à sa mère.

– Allez ! Ce n'est qu'une bouchée, lui dit-elle, pleine de commisération.

Acculé, il croque timidement la pâte blanche. Il n'a pas fini de mâcher que le bouquet, salé et fruité pour les amateurs, lui provoque un haut-le-cœur. Quand enfin il se décide à avaler, il ne peut refréner son envie de vomir. Il court aux toilettes et tire la chasse sur le repas complet. Quand il revient, la moitié du morceau est toujours là. À côté d'un autre, intact.

– Fais attention, à ce rythme, tu vas finir par ne plus nous en laisser ! le prévient gaiement Roger.

Le désespoir de William se transforme en une rage contenue. À quoi joue son père ? À lui prouver qu'il est le plus fort ? À se venger du mensonge de ce midi ? Il ne comprend pas sa logique. Il préférerait encore une bonne raclée. Une baffe, au lit et on n'en parle plus. Jusqu'au lendemain. Où le même cirque recommencera… Non, il n'y a pas d'autre choix que surmonter son dégoût, là, tout de suite. Oublier ses papilles. Avaler l'autre moitié d'un trait. Enfourner l'autre part dans la foulée. Réprimer la nausée au fond de sa gorge. S'aider d'un verre d'eau. Finir par un bout de pain.

– Eh ben voilà ! C'était pas si difficile ! conclut Roger avant de se lever de table, presque déçu de ne pas avoir eu à ajouter une troisième portion.

Bien qu'il ait eu raison du supplice, William sait qu'il ne s'agit pas, cette fois, d'une victoire. Tous ses efforts pour gagner sinon l'amour, du moins l'estime de son père, ont été réduits à néant. Il devait être fort et irréprochable. Il se sent faible et coupable. Il doit repartir de zéro.

Après cette démonstration de force émaillée d'une pointe de vice, voire de sadisme, il commence à se demander s'il ne mène pas un combat perdu d'avance.

– 10 –

Là, il devrait être content. Pas heureux, n'exagérons rien, mais au moins satisfait. Or, il est totalement dérouté. Roger vient de lui offrir un chiot. Comme ça, sans raison. Depuis l'été dernier, les tourments de William se conjuguent au quotidien, générés par le joug délétère de son père. Toutes les tentatives de rapprochement du garçon se soldent au mieux par une fin de non-recevoir, au pire par une réponse humiliante. Et là, d'un coup, il a droit à ce compagnon qu'il n'espérait même pas.

– C'est pour te récompenser de tous ces efforts que tu as fournis ces derniers mois, lui confie Roger.

Cette fois, il est heureux. Il ne s'est pas décarcassé en vain. Ne jamais désespérer, donc. Passer outre les piques, les affronts, les avanies. Tenir bon. Faire confiance.

– Comment tu vas l'appeler ? lui demande sa mère en caressant avec lui l'animal, un épagneul breton à peine plus gros qu'une miche de pain sur pattes.

– Wolf, répond immédiatement William.

– Ah oui ! C'est bien, ça, Wolf. Comme ça, vous porterez la même initiale.

Le jeune acquiesce, sans donner la véritable explication. Pas envie d'entrer dans des détails qui, il en est persuadé, passeront au-dessus de la tête de ses parents.

Wolf est le prénom du héros de *L'Herbe rouge*, un roman de Boris Vian qu'il est en train de lire. C'est madame Valette, son professeur de français, qui le lui a recommandé. Il adore madame Valette qui, elle, adore ce qu'écrit William. Au point de le prier de lire à voix haute chacune de ses rédactions, où le sacro-saint plan thèse/antithèse/synthèse est englobé dans une histoire inventée de toutes pièces. Cette manière de transformer la rédaction en récit enchante l'enseignante, qui a décelé chez l'élève une certaine audace et une inspiration débordante. Et de l'encourager dans cette voie en lui conseillant des auteurs ne figurant pas au programme scolaire d'une classe de sixième. Comme Boris Vian, donc. William ne saisit pas complètement le fond, mais adore la liberté de ton de l'écrivain. S'il avait démarré par *L'Écume des jours*, l'épagneul se serait appelé Colin. Mais il a commencé par *L'Herbe rouge*, alors c'est Wolf. C'est rare, mais il arrive qu'une coïncidence ait plus de sens que le subconscient : ledit Wolf a créé une machine à supprimer les angoisses de son passé… Toute ressemblance avec une personne désirant ou ayant désiré concevoir pareille invention est évidemment fortuite.

D'autant que William n'a ni le bagage psychologique, ni la disposition nécessaire pour analyser cette drôle d'analogie. Il gère son *mood* au jour le jour, ne sachant jamais ce qui va lui tomber (ou pas) dessus. Car très vite, la gentille attention de Roger n'est plus que le souvenir d'une parenthèse, comme une bulle d'oxygène dans un univers de plus en plus étouffant.

Il n'est pourtant pas sur son dos en permanence. Au contraire. Il tient, avec Danièle, un cours des halles à cinq cents mètres de chez eux. L'affaire tourne bien et il n'est pas rare que William y donne un coup de main, notamment les mercredi et samedi après-midi. Le reste du temps, le collégien reste chez lui. Interdiction de sortir sauf pour promener Wolf ou, en de rares occasions, aller chez Étienne. Curieusement, cette assignation à résidence ne le dérange pas. La solitude n'effraie que les fâcheux dépourvus d'imagination. Et il n'en manque pas. Il organise des parties de Monopoly ou de Richesses du Monde avec des partenaires qu'il interprète à tour de rôle. Il supervise encore, comme chez Amalia, des batailles homériques avec ses petits soldats. Féru de poésie, il se risque à écrire des vers. Il dessine aussi. Pas très bien, c'est vrai. Ou il se prend pour un animateur radio et dresse une programmation musicale avec les disques soigneusement rangés à côté de la chaîne stéréo. Du *Bougalou du loup-garou* de Carlos au *Concerto pour une voix* de Saint-Preux, en passant par *Une fille aux yeux clairs* de Michel Sardou, il écoute les 45 tours un à un, conscient qu'il n'aura pas assez d'une demi-journée pour tous les diffuser. Il peut également passer beaucoup de temps devant la bibliothèque du salon, emplie de livres aux couvertures mordorées, dont une imposante collection d'ouvrages pseudo-historiques sur la Wehrmacht commandée par son père… William se promet qu'un jour il les lira jusqu'au dernier. Au fond de lui, il sait qu'il n'y parviendra jamais, mais ces buts inatteignables lui permettent, inconsciemment, de ne pas céder à l'ennui. Il aura toujours de quoi s'occuper. Et sans avoir de comptes à rendre.

Car son père rentre souvent tard. Et sa mère, parfois, encore plus tard. Il ne sait ce qui peut les retenir de la sorte. Quoique dans l'absolu, il s'en moque éperdument. Tant qu'il est seul, il est tranquille. Il peut regarder *L'Île aux enfants* sans qu'on lui dise qu'il a passé l'âge pour ce genre de programme, enchaîner avec le feuilleton *Anne jour après jour* sans qu'on se moque de son côté fleur bleue, se distraire avec « Les Jeux de 20 heures » sans qu'on lui impose à la place le JT de Roger Gicquel. Le cliquetis dans la serrure annonce la fin de sa quiétude.

S'il est assis sur le canapé à regarder la télé, on lui demande s'il n'a rien de mieux à faire. S'il est dans sa chambre en train de bouquiner, on lui dit de se rendre utile et de préparer le dîner – et si c'est déjà fait, on l'enjoint à réviser ses cours au lieu de glander avec ses livres. Ce ne sont plus des parents, ce sont des surveillants ! Qui prennent soin de vérifier que le ménage a été correctement effectué, que rien ne manque dans les courses, que tout est en ordre… Autant de charges soumises à leur fils qui, sans être Cendrillon, a plus d'obligations domestiques que la moyenne des gamins de son âge – en conséquence de quoi, il apprécie plus que la moyenne ses moments de détente. Mais rarement en présence de Danièle et Roger. Il a parfaitement le droit d'aller dans sa chambre vaquer à ses occupations, il doit juste en donner le détail quand on l'interroge. Ou plutôt quand on l'interroge. Car la question, empreinte d'une obligeante curiosité dans n'importe quelle famille, a dans la bouche des Carbonnier une inflexion et inquisitrice.

Ce pourrait être le banal schéma de vieux cons réacs qui ne supportent pas que leur enfant profite d'une insouciance à laquelle ils n'auraient pas eu droit. Ça pourrait, mais c'est plus compliqué que cela. Plus pernicieux. William subit le glissement progressif vers une inexplicable véhémence quotidienne. Pour y échapper, ou du moins l'atténuer, il n'a d'autre choix que de faire allégeance à un père tout-puissant. Se soumettre. Totalement. Bêtement. Jusqu'à l'absurde.

– De quelle couleur est cette nappe ? lui demande Roger lors d'un déjeuner dominical où sont invités Carmen, André, Alfred et Lucie.

– Blanche, répond William.

– Non, elle est rouge.

Les convives ne comprennent pas. La nappe est effectivement blanche, même si elle a quelques taches de gras après qu'on s'est régalé de tomates vinaigrette.

– Mais non, tu vois bien qu'elle est blanche ! rétorque logiquement William.

– Va dans ta chambre, révise tes fondamentaux et reviens.

– À quoi tu joues ? s'inquiète Carmen.

– Attends ! Tu vas voir, la rassure son frère, sûr de lui.

Une minute plus tard, William revient.

– Alors ? reprend Roger. Cette nappe est-elle blanche ou rouge ?

– Rouge, répond mécaniquement William.

– Et pourquoi ?

– Article II : Le chef a toujours raison.

– Et voilà ! s'exclame victorieusement Roger, qui a épinglé au-dessus du lit de son fils un poster en feutrine sur lequel est inscrit *Le Règlement du chef.*

Article I. Le chef a raison.
Article II. Le chef a toujours raison.
Article III. Même si un subalterne a raison, c'est l'article I qui s'applique.
Article IV. Le chef ne mange pas, il se nourrit.
Article V. Le chef ne boit pas, il goûte.
Article VI. Le chef ne dort pas, il se repose.
Article VII. Le chef n'est jamais en retard, il est retenu.

Et commc ccla, unc quinzainc d'affirmations, édictées pour faire rire le chaland, parodie de la tyrannie plus ou moins drôle destinée à finir en imprimé sur un quelconque tablier de cuisine. Mais là, il est accroché tel un règlement intérieur, comme autant de fondamentaux à respecter.

– C'est totalement stupide, s'insurge Carmen. Tu veux faire de ce gamin un mouton ou quoi ?

– Pas du tout. Il doit juste comprendre qu'il n'y a qu'un maître ici, moi, et qu'il doit m'écouter aveuglément.

– C'est complètement con.

– Ne rentre pas dans son jeu ! intervient André. Tu vois bien qu'il rigole.

– Ah ! Pas du tout ! répond Roger. C'est très sérieux. Et ça pourrait être pire ! Jusqu'au XVIIIe siècle, le père pouvait envoyer son fils en prison s'il était désobéissant, il avait même le droit de vie et de mort sur ses enfants !

– Je te rappelle que ce temps-là est révolu, qu'on est au XXe siècle, et que ce gamin n'a pas choisi d'être là, et encore moins que tu sois son père.

La réponse de Carmen jette un froid. William, s'il apprécie le soutien de sa tante, éprouve un mélange de gêne et d'appréhension. Il est souvent le sujet de discorde entre le frère et sa sœur, et redoute de payer les pots cassés une fois son avocate partie.

– Et voilà le rosbif ! annonce Danièle, qui brise un silence court mais pesant en apportant la viande fumante. J'espère qu'il n'est pas trop cuit.

– Il est parfait, commente William, la première bouchée à peine avalée.

– Ah ! Tu me dois un franc ! répond son père.

– Oh non ! se désole le fils, se levant pour aller chercher son écot.

Ou plutôt son amende. Car c'en est une. S'il n'a pas bu un verre d'eau avant le plat de résistance, il est bon pour cette peine forfaitaire. Encore une règle instaurée par Roger, pour son bien cette fois. Il doit s'hydrater en mangeant, c'est important…

Le quotidien de William est à l'avenant. Rythmé par une dynamique absurde qu'il accepte dans l'espoir d'une quelconque finalité bienveillante. Il ne peut admettre que ce chemin de croix bordé de piques, d'humiliations et de contraintes imbéciles soit dénué de sens. Dans son esprit formaté par la gentillesse d'Amalia, c'est absolument inconcevable.

N'empêche. L'attitude de Roger accentue sans cesse ses contradictions et ses doutes. Ainsi ce matin où William passe consciencieusement l'aspirateur dans sa chambre. À quatre pattes, il attaque la moquette sous le lit. Le bec de l'appareil cogne contre la plinthe. La soufflerie est assourdissante. Le garçon n'y prête pas attention. Tout à sa tâche, il est perdu dans ses pensées, se demandant si la Stilla est un fantôme ou pas. La Stilla est une chanteuse d'opéra, morte de frayeur à cause d'un admirateur fanatique, le baron de Gortz. L'homme avec qui elle devait se marier, le comte Franz de Télek, est fou de douleur, et il se demande s'il n'a pas carrément perdu la raison quand il voit sa défunte promise en représentation dans la demeure du baron. Bref, William lit alors *Le Château des Carpathes* de Jules Verne et l'intrigue génère des abîmes de réflexion dans son cerveau en ébullition.

L'irruption de son père l'interrompt instantanément dans son démêlage. À peine a-t-il tourné la tête qu'un cintre en bois lui fracasse le haut du nez.

– Une plombe que ta mère t'appelle ! hurle son père en brandissant encore dangereusement le support. Tu te fous de la gueule de qui ?

– Mais de personne, bafouille William, hébété, le visage en sang. Je n'entendais pas !

– Mais ça va pas bien ! crie Danièle à son mari quand elle découvre l'état de son fils. T'es complètement malade ?

– C'est rien ! Son nez n'est même pas cassé !

– Qu'est-ce que t'en sais ?

C'est vrai qu'il n'en sait rien, toutefois il n'a pas tort. L'objet a tapé au-dessus de l'arrête et n'a fait « qu'une » petite entaille. Danièle emmène son fils dans la salle de bains et nettoie délicatement la plaie.

– Si j'avais su qu'il réagirait ainsi, je serais venue te chercher moi-même.

William ne répond rien. Il est un peu choqué. Il est très énervé. Sa mère a beau, pour une fois, prendre sa défense et s'occuper de lui, il lui en veut d'avoir provoqué un tel drame. Et puis d'abord, pourquoi l'appelait-elle ? Oh ! Il s'en moque après tout. Ce n'est pas le problème. Ce qui en est un, c'est cette complicité passive, cette attitude soumise. Finalement, elle est aussi faible que lui. À cette différence qu'elle est adulte, qu'elle pourrait lui tenir tête, qu'elle pourrait soutenir son fils.

William ressasse tout cela et ne desserre pas les dents. Son visage est fermé, son regard froid, presque inquiétant. Intérieurement, il bout. Et la révolte qui sourd en lui n'est pas inhérente à l'adolescence qui point.

– 11 –

William suffoque et, pour une fois, son père n'y est pour rien. Il étouffe littéralement sous l'accolade d'Alberto. Le vieux bonhomme le presse dans ses bras comme s'il espérait en tirer du jus. L'étreinte dure bien une dizaine de secondes, agrémentée de trois tapes viriles sur l'épaule. Il pivote ensuite sur la gauche et saisit Roger de la même façon. Sa manière à lui de dire bonjour, et par la même occasion d'exprimer sa joie et son respect.

Alberto est un drôle de sexagénaire pour qui le temps semble s'être arrêté dans les années 1930. Il porte un costume bleu marine à fines rayures blanches dont le pantalon est tenu par une ceinture à la boucle improbable, un tonneau en or siglé d'un A en diamants. Le même motif figure sur la bague enfilée à son annulaire droit. Soit il n'a pas peur du ridicule, soit il a laissé son borsalino dans une traction avant garée en bas, soit les deux.

En attendant, William le fixe sans retenue, à la fois ébahi et songeur. Cet ami de son père semble tout droit sorti d'un film. Il parle fort, avec un accent italien à couper au cran d'arrêt et le débit d'une mitraillette Thompson. Il n'est pas très grand, un peu bedonnant, mais sa truculence, son allure, sa faconde pallient son physique sans intérêt. Fasciné, William brûle de lui poser mille et une questions. Sans pouvoir en placer une. Déjà qu'il n'ose pas couper la parole à son père sous peine de s'en prendre une derrière l'oreille, il ne va sûrement pas se risquer à contrarier ce qui lui a tout l'air d'être une figure du gangstérisme. Surtout que la conversation, à peine à mots couverts, nourrit ses soupçons.

– Je ne te remercierai jamais assez pour ce que tu as fait, dit Alberto.

– C'est normal, répond humblement Roger. Toi aussi, tu m'as aidé, je te rappelle. Depuis deux ans qu'on s'est barré de notre cambrousse du Nord, je n'ai eu aucun retour, aucune réclamation. Et ça, forcément grâce à quelques coups de fil que t'as dû passer.

– Tu parles ! *Non era niente.* Avec le marché que je lui ai laissé, l'Alsacien m'est redevable à vie. T'avais même pas à flipper, quand tu t'es barré. T'aurais pu lui laisser un préavis, il aurait juste eu le droit de fermer sa gueule.

William ne perd pas une miette de l'échange. Il ne décode pas tout, tente de raccrocher les wagons, a capté que les deux évoquaient le départ précipité de la maison près de Boulogne-sur-Mer... Mais au-delà des infos cryptées, il se régale de la tonalité du vieux et de ses allusions carrément mafieuses. Il a l'impression d'avoir traversé un écran de cinéma. Ou l'inverse, plus vraisemblablement. Cet Alberto a basculé de l'autre côté et se retrouve dans la triste réalité de sa cellule familiale.

Cette cellule qu'il définissait à l'origine en paraphrasant son énoncé scientifique : élément fondateur de tout organisme affectif, et qu'il avait désormais réduit à sa sombre résonance carcérale.

Aussi la présence d'Alberto, son apparente intimité avec Roger lui ouvraient-elles de nouvelles perspectives. Son père, qui se la jouait petit caporal, avait donc bel et bien des relations, certes peu fréquentables, mais d'une indubitable influence. Ce n'était pas un demi-sel despotique. C'était un caïd pondéré. Digne de respect. Et d'obéissance.

William est à nouveau épaté. Il comprend mieux le régime draconien qu'on lui impose, et regrette le ressentiment qu'il entretient depuis plusieurs mois. L'estime d'un tel homme s'obtient à force de caractère et de discipline.

L'ado en est là de ses hypothétiques considérations quand Alberto l'apostrophe.

– Tu ne veux pas que je t'apprenne le métier ? Mes fils ne valent rien, ils sont feignants, *no haiidea* !

– Quel métier ? demande William, abasourdi, dont l'imagination pourtant fertile n'avait jamais débouché sur une orientation mafieuse.

– *Ma* ! Qu'est-ce que tu veux faire comme métier dans une pizzeria ? Pizzaiolo, *ovviamente* ! Pas boucher, *eh* !

À l'évidence, William, perdu dans ses pensées, a loupé un épisode.

– Tu n'as pas entendu ce qu'a dit Alberto ? s'agace Roger. T'étais encore dans tes histoires ? Excuse-le, Alberto. Ce gamin est obsédé par la télé, le cinéma et ses livres. Le reste, ça lui passe au-dessus de la tête.

– Mais qu'il rêve, qu'il rêve ! *Va bene* ! C'est de son âge. *L'importante*, c'est qu'il soit travailleur. Et tu es travailleur hein, *piccolino* !

– Alors ? insiste Roger. Réponds à Alberto. Il vient d'ouvrir une nouvelle pizzeria à Cannes, sa troisième sur la Côte d'Azur. Ça te dirait d'aller travailler avec lui ?

– Mais vous n'êtes pas bien tous les deux ? intervient Danièle en apportant trois tasses de café. William n'a même pas treize ans ! Il va quand même pas arrêter l'école ! Et puis je n'ai pas envie de m'en séparer, moi !

L'intéressé, s'il est flatté par l'intérêt que lui porte Alberto, n'est pas moins soulagé par l'opposition de sa mère. Le charisme exotique du vieil Italien lui vend peut-être du rêve, mais il n'a aucune envie de lâcher le collège, ses copains, son Amalia qu'il ne voit pas si souvent et dont il ne veut pas encore s'éloigner… À la maison, sa vie est un enfer, mais celui-ci, William en est à nouveau persuadé, est pavé de bonnes intentions – ou du moins mène-t-il vers un avenir florissant, assuré par un père réellement puissant.

Et puis sa scolarité se déroule désormais sans heurts, et même brillamment. Ses notes sont excellentes, ainsi que ses relations avec des élèves qui, pour certains, ont assisté à la fugace mais violente altercation d'il y a deux ans, et tous ont entendu parler de cet incident élevé au rang de légende urbaine à force d'être répété, transformé, amplifié. William bénéficie d'une réputation à la fois élogieuse et redoutable. Il a beau ne pas être épais, tout le monde sait qu'il ne faut pas s'y frotter. Et puis il n'y a pas de raison. Il est très sympathique, toujours de bonne humeur, narrateur passionné et passionnant quand, une fois par mois, il raconte par le menu le film qu'il a vu au cinéma : *La Menace*, *Le Gang*, *L'Île du docteur Moreau*, *Armageddon*… Essentiellement du polar ou de l'horreur, genres favoris de ses parents qui daignent l'emmener avec eux quand leur humeur est au beau fixe. Il a également cédé à la folie des albums Panini, dont le fleuron du moment est celui consacré au championnat de France de foot. Il s'intéresse moyennement au ballon rond, mais est évidemment gagné par l'engouement national pour les Verts. C'est à qui, dans la cour de l'école, aura le plus de vignettes de Dominique Rocheteau, Gérard Janvion ou Dominique Bathenay. William est le plus conciliant des négociateurs, allant même jusqu'à offrir un de ses précieux doubles pour le seul plaisir de rendre heureux un camarade.

À faire montre d'une telle gentillesse et d'une inoxydable allégresse quand il arrive en cours, William passe presque pour un ravi de la crèche. Aux yeux d'un adolescent lambda, plus titillé par ses hormones et par son éventuelle invitation à la prochaine boum du week-end que par la géométrie et par l'organisation féodale au Xe siècle, c'est toujours étrange, un collégien motivé, enjoué et généreux. Surtout quand il décline systématiquement toute proposition de fête ou de sortie entre amis, sans jamais donner de raison précise. Ce qui ne manque pas d'épaissir le mystère autour de ce garçon charmant mais finalement insaisissable.

La vérité n'a rien d'exceptionnel. Pour William, l'école est une délivrance. Une récréation. À l'exception d'Étienne, qui a juré de ne rien dire, personne ne sait qu'avant l'école, il a passé une heure à faire l'étalage du cours des halles, qu'il en passera une autre après les cours, et que ce n'est qu'ensuite qu'il retournera chez lui pour faire ses devoirs et préparer le dîner – qu'il consomme parfois seul puisqu'il arrive encore que Danièle et Roger rentrent tard. Alors aller s'asseoir au chaud dans une classe pour écouter des profs ne lui paraît pas insurmontable, bien au contraire.

Du coup, le mercredi est son jour de hantise. Sa mère lui demande de plus en plus souvent de sacrifier cette journée dite des enfants pour venir l'aider au magasin. Ça lui fait toujours des petites pièces en plus, mais à quoi bon acheter des disques ou des livres s'il ne peut pas en profiter ? En ce moment, si ça ne tenait qu'à lui, il écouterait en boucle *Laisse béton* et *Rockollection*, et finirait d'une traite *Dix Petits Nègres* avant d'enchaîner avec une autre énigme d'Agatha Christie dont il vient de découvrir l'existence – si l'on peut dire, vu qu'elle est morte l'année précédente. Mais non. Au lieu de cela, il doit enfiler sa blouse et jouer les jeunes commis.

Comme toujours, afin d'accepter l'insupportable, il voit le bon côté des choses. Ce boulot lui a permis de rencontrer Daniel, l'employé à tout faire de Danou – et qu'ils aient le même prénom ne fait pas rire la patronne. Quand William s'est amusé de cette banale coïncidence, elle a juste acquiescé, avec une moue incrédule. Daniel est souriant, jovial même, dur à la tâche, serviable… Mais Daniel est noir et pour Danou, c'est une anomalie. Elle n'est pas raciste,

Danou. Elle le répète assez pour s'en convaincre, en tout cas. Elle est juste conne. Pétrie des certitudes de Roger.

– À part courir vite et danser, les Noirs sont bons à rien, dit-il régulièrement.

Danou est bien d'accord, tout à sa bonne conscience puisqu'elle adore Afric Simone, jeune Mozambicain capable de danser avec une chaise entre les dents quand il entonne son tube *Ramaya*… William se demande si Daniel est capable d'en faire autant. Il imagine que oui, mais n'ose pas s'enquérir d'une confirmation auprès de l'intéressé. En revanche, William demande régulièrement à Daniel d'avaler un piment antillais. Pour l'un, c'est un spectacle. Pour l'autre, c'est une dégustation. Une cliente, désireuse de relever un peu sa ratatouille, avait glissé un *bondamanjak* (ainsi nommé en Martinique) dans sa marmite… pour finalement jeter l'intégralité du plat, tant il était immangeable. L'anecdote, rapportée par la malheureuse, avait fortement impressionné William, qui s'empressa de goûter une minuscule parcelle de ce fruit diabolique. La bouche en feu, il comprit la leçon, mais pas vraiment l'utilité de ce piment apparemment impropre à la consommation. Sauf pour Daniel.

– Chez moi, on les avale comme ça. C'est délicieux.

Et le commis d'engloutir, devant une assistance médusée, le condiment aux allures de poivron minuscule. Pas une larme, pas le moindre rictus. À peine, peut-être, une goutte de sueur qui perle lentement sur sa tempe burinée. Burinée, oui. Comme tout le visage oblong de ce grand et bel échalas qui n'aurait pas un visage différent s'il s'était rasé au chalumeau.

– La syphilis ! a déclaré sans appel Roger.

Sous-entendu, ces gens-là manquent d'hygiène et couchent avec n'importe qui. Et entendu pas du tout par en dessous lors de repas familiaux, quand le sujet vient sur la table. Roger excelle dans le dénigrement sentencieux, dans cet art de balancer des saloperies avec suffisamment d'assurance pour séduire une assistance acquise à sa cause par veulerie, par lâcheté, par bêtise, ou par les trois. William a des doutes, mais ne pipe mot. Il écoute, à la fois circonspect et admiratif. Son père a la rhétorique d'un salaud, mais avec un tel aplomb, une telle confiance, une telle force de persuasion qu'elle interdit le doute chez ses interlocuteurs. Un salaud magnifique, en quelque sorte. Digne d'un personnage de film. Comme Alberto. Il joue un rôle, c'est sûr. Tantes et oncles ne sont que des moutons, des soumis, des petits. William les méprise. Évidemment, il intériorise, ne montre rien, sourit quand il faut, reste poli. Inutile de se les mettre à dos. En cas d'engueulade ou de brimades, William n'est pas contre leur soutien, même inefficace.

Au cours des halles, il est à l'abri des mercuriales parentales. Il est là en renfort. On n'engueule pas un renfort. Un employé, en revanche… Danou n'est pas désagréable avec Daniel, mais elle lui rappelle constamment sa supériorité hiérarchique. Les ordres sont sans appel, les tâches sont ingrates et les remontrances, systématiques. Nettoyer la réserve, décharger le camion quand Roger revient de Rungis, trier les haricots verts (corvée récurrente du métier, oui), ou encore les mirabelles, les cerises ou les choux de Bruxelles moisis… Le salarié ne chôme pas. Il n'empêche. Pour Danou, ce n'est jamais assez propre, jamais assez rapide, jamais assez, quoi !

– Je ne peux pas tout faire moi-même ! Voilà une demi-heure que ces cageots traînent sur le trottoir ! Qu'est-ce que vous manquez d'initiative !

Ah ! Cette dernière réflexion ! Le « manque d'initiative »… William connaît bien. À la maison, sa mère lui scande ce reproche sur tous les tons : désabusé, agacé, agressif, c'est selon. Parce que William n'a pas mis d'eau à bouillir pour le repas. Parce que William n'a pas épousseté la bibliothèque. Parce que William n'a pas acheté de pain en rentrant. Parce que William ne va jamais au-devant des désirs ou des besoins de sa mère.

En attendant, William compatit au désarroi de Daniel, toujours étonné d'être épinglé pour quelque chose qu'il aurait dû faire, alors qu'on ne lui a rien demandé…

– Deviner ce qu'elle veut ! Des fois, je me demande si ta mère ne me prend pas pour un autre, se confie-t-il à William. Faudrait qu'elle comprenne que tous les Noirs ne sont pas des marabouts !

– C'est quoi, un marabout ?

– Un mec plus malin que moi qui sait se faire de l'argent sans se casser le dos.

– Non mais vas-y ! Dis-moi ! C'est quoi, un marabout ?

– En vrai, c'est un oiseau. Mais à Paris, du côté de Barbès, c'est un type qui prend les gens pour des oiseaux. Ou pour des pigeons, si tu préfères. On le paye pour lancer des sorts, pour créer des sortilèges afin de trouver l'amour, ou pour lire l'avenir…

– C'est un sorcier, quoi !

– Un apprenti sorcier, plutôt. Certains y croient. Moi, j'y crois pas.

– Tu crois en quoi ?

– Je crois à ce que je vois, et c'est pas drôle tous les jours.

Danou interrompt la conversation en entrant dans la réserve où se trouvent les deux acolytes.

– Quitte à ne rien faire, allez donc ne rien faire au café. J'irai à mon tour quand vous reviendrez.

William sourit d'une oreille à l'autre. La pause de 10 heures est son moment favori de la journée.

Direction le café des Champions, empreint d'une forte odeur de graillon, alors que Micheline, maîtresse des lieux, n'a pas encore mis le gaz sous la friteuse. Le bistrot a les murs jaunis par la graisse, mais le zinc du comptoir brille comme un sou neuf. L'endroit est petit, avec une salle de huit tables et une entrée occupée de moitié par un flipper à rouleaux. Chaque matin, le tandem s'y rue pour un duel sans merci sous le regard menaçant de l'Indien encadrant les compteurs. Une vingtaine de minutes plus tard, ils retournent au boulot, débattant en riant de leur partie, avec l'avantage pour le gagnant de charrier le perdant.

Ce jour-là, William est le vainqueur incontestable. Il pérore et fanfaronne bruyamment, puis baisse progressivement le volume au fur et à mesure qu'il se rapproche du cours des halles. Jusqu'à se taire complètement.

– Ça va pas ? s'inquiète Daniel.

Il a beau être à une quarantaine de mètres de l'étalage, William devine que sa mère a les yeux rouges. Devant celle-ci se tiennent une sexagénaire et un jeune gaillard tout en muscles. Les trois fixent William qui, assailli d'un sale ressentiment, avance de plus en plus lentement.

– Ça va pas, William ? insiste Daniel.

La réponse est donnée d'une voix neutre, presque blanche.

– Je ne sais pas encore.

– 12 –

À peine quatre secondes. L'espace d'une phrase.

– Je te présente ma mère, ta grand-mère donc, et Patrick, ton demi-frère.

William vient de voir sa famille s'agrandir en douze mots, trois virgules et un point. Même pas un point d'exclamation ou de suspension. Une aïeule et un frangin, un point, c'est tout.

Enfin, c'est tout… Faut le dire vite. Parce que le père de Patrick, on en parle ou pas ? Ou pas, soit. Et le grand-père ? Pareil. *No comment.* Point à la ligne.

Et parenthèse de circonstance au café des Champions. Exceptionnellement, Danou confie la boutique à Daniel et emmène son petit monde au troquet. William suit le mouvement d'un pas traînant et n'a pas ouvert la bouche, si ce n'est pour lâcher un « bonjour » neutre, fade, plat.

Évidemment, dans sa tête, ça pédale. L'allusion de Carmen, c'était donc cela. Sa mère avait bel et bien un autre enfant. Pourquoi ne lui en avait-on pas parlé ? Pourquoi ne l'avait-elle pas gardé avec elle ? Autant de questions que William ne posera pas.

Parce que d'une part, chez les Carbonnier, comme en l'occurrence chez les Mengelat, le non-dit est roi et les secrets sont bien gardés ou envoyés aux oubliettes. Qui cherche des réponses ne sait pas et celui-là est forcément considéré comme un imbécile. Alors on donne le change avec un air entendu. On garde une contenance. On reste en surface. On fait semblant.

Parce que d'autre part, quand Danièle lui a balancé l'information sur un ton badin, William a malgré tout décelé dans son regard un mélange de gêne et de douleur. Difficile de masquer une culpabilité refoulée qui rejaillit d'un bloc au détour d'une visite imprévue. Pas simple d'assumer son inconséquence quand elle se manifeste en chair et en os. William sent bien sa mère en position de faiblesse. Exprimer une légitime sidération ne ferait qu'un peu plus l'accabler. Accueillir paisiblement la nouvelle lui éviterait un poids supplémentaire. Elle pourrait même voir en lui un allié dans l'adversité. Un indéfectible soutien. Un fils compréhensif qu'elle protégerait à son tour, le moment venu.

Attablé, William adopte donc un air serein, tandis que sa mère s'efforce de sourire, ne sachant par où commencer une conversation que personne n'ose engager.

– Alors ? se décide-t-elle enfin, tournée vers William. Comment tu la trouves, ta grand-mère ?

Elle aurait pu demander s'il était content, s'il s'attendait à avoir un frère, s'il n'est pas trop surpris. N'importe quelle question fermée qui n'aurait nécessité en retour qu'un simple oui ou non. Mais le malaise est source de maladresse et débouche souvent sur l'incongru.

– Euh… Ben… Bien, marmonne timidement le petit-fils, le nez dans son verre de Coca.

C'est vrai que Michèle, c'est son prénom, porte bien ses soixante-sept ans. Les traits sont un peu tirés, mais elle est svelte, sobrement habillée d'un pantalon vert et d'un chemisier blanc, couverte d'un épais manteau qu'elle n'a pas pris la peine de retirer. Patrick lui, du haut de ses seize ans, est une montagne de un mètre quatre-vingt-cinq à la corpulence de rugbyman et au visage fermé à double tour. Il toise sévèrement William et Danièle, et ne semble pas avoir envie de s'attarder. C'est clair, sa grand-mère a dû l'obliger à venir.

– Vous n'êtes pas bien bavards, tous les deux, dit Michèle à sa fille et au plus jeune de ses petits-fils.

– Ben, c'est que je m'attendais pas à vous voir, répond Danièle. T'aurais pu appeler pour me prévenir.

– Pour ça, il aurait fallu que tu me donnes ton nouveau numéro de téléphone.

– Je ne te l'ai pas donné ? Mais si ! J'ai dû te le mettre sur un papier avec le chèque qu'on t'envoie tous les mois.

– Non, mais bon, passons. Puisque tu parles de chèque, j'irai droit au but. Il serait temps que tu augmentes un peu le montant, parce que là, on ne s'en sort pas. T'as vu la taille de Patrick ? Il mange comme quatre et il grandit si vite que je dois lui racheter des fringues tous les six mois.

– C'est vrai que t'es devenu un homme, mon Patrick.

– Je ne suis pas *ton* Patrick.

La réponse a fusé comme une balle. Tirée à bout portant. Imparable.

– Oh ! Fais pas ta mauvaise tête, tempère Michèle. Je t'ai expliqué mille fois que ta mère n'avait pas le choix. Et puis ça va changer maintenant, hein Danièle ?

– Oui, bien sûr, répond sa fille, prise au dépourvu. On va pouvoir passer plus de temps ensemble, je te promets.

– T'es en quelle classe ? demande William, qui se contrefout de la réponse, empressé de détendre l'atmosphère en montrant un semblant d'intérêt à cet écorché vif.

– En classe tous risques, rétorque durement Patrick.

– L'école, c'est pas vraiment son truc, explique Michèle, la voix lasse. D'ailleurs, *ils* n'en veulent plus, *ils* l'ont définitivement viré. Le seul moyen serait de l'inscrire dans le privé, mais à quoi bon ? Il n'en a pas envie et ça coûte un paquet. Ce serait foutre l'argent par les fenêtres. Tiens, j'y pense, Roger et toi ne pourriez pas le faire bosser un peu ? Ça lui éviterait de traîner et de faire des conneries.

De fait, le garçon affiche un pedigree impressionnant. Arrêté deux fois pour vol, il a dépassé la cote d'alerte avec son troisième délit qui lui a valu une comparution immédiate devant le juge pour enfants. Avec un comparse en Mobylette, il a tenté d'arracher le sac d'une vieille dame. Sauf que celle-ci, vigoureuse, s'est accrochée, se laissant traîner sur trois mètres et désarçonnant le malfrat. Les fesses sur le bitume, le délinquant ne s'était pas relevé qu'un passant lui avait déjà saisi le bras, criant à l'aide et créant un attroupement de badauds. Deux képis sont rapidement apparus.

– T'es quand même passé à deux doigts de la maison de redressement, lui rappelle sa grand-mère.

J'espère que tu as compris la leçon parce que là, t'es en sursis, tu le sais, hein ?

– Oui, oui, répond sans conviction Patrick.

– Si tu veux gagner de l'argent, on va te faire bosser, lui promet sa mère. Roger va ouvrir un autre cours des halles dont doivent s'occuper sa sœur et son mec. Ils auront forcément besoin d'un commis. Ça te dirait ?

– Ouais, répond toujours sans conviction l'intéressé.

– C'est génial, tu veux dire ! s'enthousiasme Michèle. Tu vois, je savais qu'on faisait bien de venir.

Évidemment qu'ils ont bien fait de venir ! Ne serait-ce que pour William. Une grand-mère, c'est l'assurance d'un soutien affectif. Et puis un frère, c'est la promesse d'une irréductible complicité. Dans les livres, oui.

Dans la vie, dans cette vie, c'est une autre histoire. La grand-mère maternelle ne vaut guère mieux que la paternelle. Celle-ci, en admiration aveugle pour son fils, nie poliment l'existence de William, le regardant toujours comme un intrus. L'autre, Michèle, déçue par sa fille, n'exprime aucune chaleur, fatiguée par son petit-fils aîné et pas du tout encline à couver le cadet qu'elle considère comme privilégié. Quant à Patrick, il voit en William un gringalet trop poli pour être complice. Du genre à cafter ou à ne pas se mouiller. L'élève studieux qui transpire les bons sentiments. Un faible, à coup sûr. Le jugement est aiguillonné par l'aigreur et la jalousie. Le verdict est entériné par la bêtise.

Car Patrick n'a pas inventé la machine à courber les bananes. Sa faculté de réflexion est aussi restreinte que son cerveau étriqué, essoré par la haine et la rancœur. L'addition est pour William. Sa mère elle, a droit à un crédit. Sa caution, c'est Roger qui prend instantanément Patrick sous son aile. Cette forte tête lui plaît. C'est le fils qu'il a toujours voulu avoir. De la graine de voyou endurci, de la pousse de macho, et beau gosse avec ça ! Carré des épaules, voix de stentor, gros fumeur… Il n'en fait pas un commis, mais son bras droit, chargé de surveiller Carmen et André, en qui il a une confiance toute relative pour tenir la caisse. Il sait bien que Patrick se fera un peu de « défense » – la fauche, en argot – qu'il tapera un billet en scred de temps en temps, mais il s'en moque. Ça lui fait plaisir, même. Mieux : il serait déçu du contraire ! Il ne cherche pas un gars honnête, mais un fidèle disciple.

Du coup, Patrick est toujours fourré chez les Carbonnier. S'il est trop tard, il squatte le canapé du salon. S'il est là le week-end, on veille à ne pas le déranger trop tôt le dimanche – quand William, lui, a systématiquement droit à un réveil militaire.

S'il n'est pas levé en premier, son père surgit dans sa chambre en imitant le son du clairon, tout en ouvrant rideau et fenêtre en grand, avant de virer d'un coup drap et couverture.

– Allez, debout ! Ton chien attend pour aller pisser. Profites-en pour nous rapporter du pain frais, pour le p'tit déj'.

Cette manière de le sortir du lit les jours de congé est devenue une hantise pour William. C'est pourquoi il se débrouille, en règle générale, pour se lever avant tout le monde et partir sur la pointe des pieds avec Wolf. Il profite du calme matinal et se promène avec son chien dans les rues quasi désertes, appréciant ce seul instant de quiétude de sa journée. Pour lui, la grasse matinée est un fantasme. Même dormir sereinement peut en être un. Ainsi n'a-t-il pas le droit de s'assoupir devant la télé. Allongé par terre, la tête appuyée sur un pouf, il est régulièrement interpellé par son père.

– Tu dors ?

– Non, non ! promet-il, rouvrant soudainement les yeux.

Il pourrait aller se coucher. Sauf que s'il a commencé à regarder un film ou une émission avec ses parents, il est prié de rester jusqu'à la fin. Et s'il décide de se coucher de bonne heure, il suffit de quelques réflexions désobligeantes, voire menaçantes, pour le faire changer d'avis.

– T'endors pas trop vite ! Si j'ai un truc à te demander, je vais encore être obligé de te sortir du lit au son du clairon.

Plutôt qu'appréhender ce moment, il préfère donc rester devant le petit écran.

En voiture aussi, il a interdiction de somnoler. Roger le fixe sans cesse dans le rétroviseur.

– Il n'y a pas de raison que tu te reposes quand moi, je dois rester concentré sur la route. Je ne suis pas ton chauffeur. Et puis autant t'habituer, parce que le jour où tu seras derrière un volant, tu ne pourras pas faire la sieste.

Depuis quelques mois, ils se rendent régulièrement dans le Loiret. Ils ont acheté un terrain boisé où ils font construire un pavillon. Patrick les accompagne souvent. D'ailleurs, sa chambre est une des premières pièces à avoir été achevées. William lui, dort encore dans une cabane de chantier. Cela ne le dérange pas. Au moins a-t-il son espace personnel la nuit venue. La journée, il échappe à la vindicte familiale en allant aider les fermiers d'en face. Ce n'est pas tant une initiative personnelle qu'une suggestion de Roger.

– Pendant que tu seras aux champs, au moins tu seras pas dans nos pattes à glander.

William ne se fait pas prier. Sa période préférée est celle des moissons. Il adore suivre la remorque du tracteur pour y balancer les meules de foin avec sa fourche. Il adore encore plus le pique-nique du midi, à base de saucisson, de fromage blanc et d'échalote. Il passerait volontiers tout son temps avec ce paysan, mais celui-ci n'a pas toujours besoin de lui. Quartier libre, alors ? Ce serait trop beau. Roger a plus d'une contrainte dans son sac à malice. Ramasser des feuilles mortes, tailler une haie, étaler du gravier dans l'allée encore boueuse… Là, il vient d'acheter une tronçonneuse et demande à l'ado de lui tenir de grosses branches coupées.

– On peut les nettoyer à coups de hache, c'est que des rameaux, remarque judicieusement William.

– Sauf qu'on n'a pas de hache et qu'avec une tronçonneuse, ça va se faire en deux minutes, lui rétorque l'autre, trop content d'utiliser son nouveau jouet.

Mais avec les vibrations, la main de William glisse doucement vers le bas et effleure la lame.

– Mais quel con ! s'exclame Roger en coupant le moteur.

L'insulte est bien sûr destinée à William, dont la moitié de l'index pendouille lamentablement. Roger attrape la main ensanglantée de son fils et la plonge dans un seau d'eau croupissante.

– Rapporte-moi le chatterton à côté de la boîte à outils qu'est sur le perron, hurle-t-il à Danièle en train de lire un *SAS* sur une chaise pliante.

– Qu'est-ce qui se passe ?

– Il se passe que ton fils a encore déconné.

William, désormais blême, n'a même pas la force de contester.

On lui scotche littéralement le doigt, avant de le jeter dans la voiture. Direction Courtenay, où un pharmacien indique l'hôpital le plus proche. À Montargis. Vingt-six kilomètres.

– Mais il n'y a pas de chirurgien plus près ? demande Roger.

Ce n'est pas le père inquiet pour son fils qui parle, mais le responsable d'un accident domestique susceptible d'être accusé de maltraitance. Aucune envie que tout cela soit officiellement consigné.

– Il y a bien le docteur Tran, au coin de la rue. Mais je ne sais pas si…

Roger est déjà sorti de l'officine et fonce chez le médecin, traînant par le bras un William complètement groggy.

– Vous n'aviez pas de gaze ? s'étonne le médecin. Vous aurez du bol si ça ne s'infecte pas.

– J'ai paré au plus pressé, se défend Roger.

– Bon, sortez et attendez dans la pièce à côté.

– Non, je vais rester. Le petit a besoin de moi. Regardez, il est tout blanc.

Pas question que le « petit » raconte tout et n'importe quoi. Rester près de lui, c'est contrôler ses dires. Précaution inutile. William est incapable de prononcer un mot.

– Tu t'es fait ça comment ? demande le docteur en découvrant le morceau de chair béant.

– Avec une tronçonneuse, répond aussitôt Roger, sans donner de détail.

– Avec une tronçonneuse ?! Mais ça ne fait pas dans le détail, une tronçonneuse ! C'est au moins la main qui aurait dû y passer !

– Comme vous dites ! Heureusement que j'ai de bons réflexes ! J'ai retiré la lame juste à temps !

Trop occupé à recoudre le doigt tant bien que mal, Tran reste silencieux. Quarante-cinq minutes plus tard, l'opération est finie et l'index soigneusement bandé.

– Ta connerie m'a coûté 25 000 balles quand même ! se plaint Roger sur le chemin du retour, ne s'exprimant toujours qu'en anciens francs. Il se mouche pas avec le coude, le Tran ! Alors que toi, tu vas devoir apprendre, hein !

Il part alors dans un rire gras, content de sa vanne déplacée. William ne pourra effectivement pas se servir de sa main droite pendant deux semaines minimum. Sans la certitude de retrouver sa dextérité d'antan.

– De toute façon, t'avais pas l'intention d'être pianiste, donc c'est pas bien grave, lui sort Patrick au cours du dîner.

– C'est vrai ! renchérit Roger. Et puis t'as survécu à une tronçonneuse ! Tu peux être fier !

– Ce dont vous allez pouvoir être fiers tous autant que vous êtes, c'est d'un heureux événement dans un peu moins de huit mois, annonce Danièle en posant une bouteille de champagne sur la table.

– C'est donc sûr ? demande Roger, les yeux brillants.

– Oui. J'ai fait deux tests. Positif à chaque fois.

William sourit enfin. Il va avoir un petit frère ou une petite sœur en bonne et due forme. Pas sorti de nulle part sans crier gare. Pas matérialisé en quatre secondes. L'arrivée d'un bébé, apparemment voulu celui-là, c'est le ciment d'une famille heureuse. Un nouveau départ. Un cadeau du ciel.

Alors William se remet à y croire.

Au moins à espérer.

– 13 –

Tandis que la police le menotte, Raymond Barret est pris d'un rire hystérique. Comme devenu fou. Il y a de quoi. Seul à savoir où était planqué le butin d'un hold-up, il allait récupérer le magot, persuadé qu'il y avait prescription. Après lui avoir fait croire dans un premier temps qu'il était gravement malade, et dans un second qu'il était possible de le faire hiberner en attendant le remède, Jim Phelps et son équipe ont piégé le malfrat, dont la place semble désormais être dans un asile psychiatrique. William est en kif total. Il adore cet épisode de *Mission impossible*. Il l'avait déjà vu il y a longtemps, chez Amalia. À l'époque, durant le générique de fin, Michel se jetait sur lui pour le chatouiller au rythme des percussions et des cuivres de Lalo Schifrin. Là, en ce bel après-midi de juin, il est seul sur le canapé, attendant que son petit frère Sébastien se réveille de sa sieste. Comme chaque mercredi, il l'a promené ce matin en poussette, avant de le faire déjeuner et de le coucher dans le lit installé dans la chambre de ses parents. C'est un beau bébé qui a soufflé il y a peu sa première bougie. Choyé par tous, il est de bonne composition et ne pleure quasiment jamais. Un bonheur.

Et qui dort à heure fixe. Pratique pour William, qui peut savourer sa madeleine hebdomadaire. Aujourd'hui, il devra néanmoins se priver de l'emballage. Avant que la fameuse musique ne close l'épisode, il entend une clef dans la serrure. Il se redresse aussitôt, comme pris en faute. Il n'a rien à se reprocher, mais à trop se faire engueuler pour un oui ou pour un non, il redoute le peut-être.

– Ce n'est pas la peine d'éteindre la télé en loucedé, j'ai entendu le son avant d'entrer, lui dit Roger.

– Je l'ai pas éteint en loucedé, l'épisode était fini, c'est tout.

– Ton frère dort encore ?

– Oui, il va pas tarder à se réveiller.

William ne demande pas à son père ce qu'il fait là. Il a l'habitude de ces visites surprises. On lui a confié la garde de l'enfant, mais sous surveillance. Qu'il n'aille pas croire qu'on lui fasse confiance, non plus ! Ça lui donnerait trop d'importance. On lui prouve qu'il peut se rendre utile, c'est déjà bien.

– William, tu peux venir s'il te plaît ?

Ouh là ! Le ton avenant enrobé d'une politesse glace le sang de l'ado. Car la naissance de Sébastien n'a rien changé dans ses rapports avec son père. Le « règlement du chef » est toujours en vigueur et la soumission à l'autorité un exercice quotidien. Pas de repos pour les faibles. Pas de pitié pour les tendres. Alors cette invitation doucereuse à le rejoindre sonne si faux qu'elle lui vrille l'estomac.

William rejoint Roger, qui regarde attendri Sébastien, encore dans les bras de Morphée.

– Tu ne remarques rien ? demande doucement le père.

– Non.

– Tu dors comment toi, la nuit ?

– Bien.

– Non, je veux dire, tu dors habillé comment ?

– Ben… En pyjama.

– Et c'est tout ?

– Ben oui. Qu'est-ce que tu veux que je mette d'autres ?

– Je sais pas. Des chaussures, par exemple ?

Regard perdu de William, qui ne voit pas où veut en venir son père.

– Si tu ne gardes pas tes chaussures pour dormir, peux-tu me dire pourquoi tu les laisses à ton frère pour la sieste ?

Au temps pour lui. William a effectivement omis d'ôter les souliers du loupiot.

– Ah oui ! Je suis désolé. J'ai oublié.

– Ce n'est pas grave, t'inquiète pas.

– Il est mignon, hein ? demande William, rassuré et tellement heureux de ce moment inattendu.

– Oui, il est sacrément réussi.

Le garçon s'éloigne alors sur la pointe des pieds.

– Eh, William ! le rattrape Roger d'une voix toujours bienveillante.

– Oui ?

– Tu n'oublieras pas, ce soir, de mettre tes chaussures avant de te coucher, hein ? Je risque de rentrer tard et ça m'embêterait de devoir te réveiller pour ça.

Forcément. C'était trop beau. William n'est même pas contrarié. Encore moins étonné. Il est épaté. En matière de sévices psychologiques, son père est un artiste. L'adolescent ne le voit jamais venir et se fait toujours avoir. Il ne se plaint pas. Exprimer une quelconque affliction serait s'avouer vaincu. Il subit la tête haute. Se plier, mais ne pas rompre. Montrer une endurance hors du commun. Refuser d'être une victime et devenir, *in fine*, un héros.

Un petit arrangement personnel est plus constructif qu'une rébellion. Plus inattendu. Et dans une guerre, car c'en est une, l'imprévu déroute l'ennemi.

Néanmoins, William doit parfois redoubler d'efforts pour ne pas dévier de sa stratégie. Comme ce jour où il n'a pas nettoyé la gamelle de Wolf avant de lui servir sa poêlée de viande braisée. Roger, de passage dans la cuisine pour boire un verre d'eau, s'en aperçoit et s'en étonne.

– Tu ne l'as pas lavée ce matin ?

– Non, je le ferai tout à l'heure.

– Donc, tu considères qu'elle est assez propre ?

– En tout cas, ça n'a pas l'air de le déranger. Regarde, il mange bien.

– C'est vrai.

Une heure plus tard, au moment de passer à table, William remarque immédiatement la gamelle de Wolf en lieu et place de son assiette. Le chien n'a rien laissé, mais l'écuelle demeure grasse et garde quelques miettes de viande séchée sur les bords intérieurs.

– Tu la laveras après, ce n'est pas dérangeant. C'est toi-même qui l'as dit, lui rappelle Roger.

– Sébastien dort au moins ? ajoute-t-il, détaché, en lui servant des pâtes.

– Oui, oui.

Ne rien dire. Ne compter sur personne. De toute façon, il n'y a personne. Danièle, une fois de plus, est absente. Elle rentrera sans doute vers minuit, quand tout sera débarrassé. À quoi bon lui raconter le lendemain ? Le mal sera fait. Et puis, au mieux, il sera à l'origine d'une engueulade qui accentuera l'ire de son père ; au pire, elle lui dira que ce n'est pas bien grave, qu'il n'en est pas mort ni même tombé malade, et que désormais il sera irréprochable sur la propreté de la vaisselle, que ce soit la leur ou celle du chien.

Ça lui fait beaucoup de choses à penser, quand même. Et des journées bien remplies. L'étalage du cours des halles le matin, la relève de la nounou après le collège, les devoirs, le dîner, la vaisselle, les courses… Du coup, plus que jamais, l'école est un plaisir décuplé. Ses résultats sont brillants et ses bulletins trimestriels s'accompagnent invariablement de félicitations. Pour la peine, il a libre choix dans son orientation. Il vise des études littéraires. Roger refuse.

– Littéraire, ça ne débouche sur rien. Il n'y a que le bac C qui t'ouvrira les portes des grandes écoles. Je te l'ai dit : le meilleur ou rien.

– Mais moi, je suis plus lettres que maths.

– Et ben tu bosseras deux fois plus les maths ! D'ailleurs, si tu passes en C, t'arrêtes le cours des halles et je te laisse te concentrer sur tes leçons. Autant mettre toutes les chances de ton côté. Tu pourras même aller chez tes copains et copines pour réviser. Je te lâche la bride, tu l'as bien mérité.

Pour William, cet été 1980 est idyllique. Libre de ses mouvements, libre de ses fréquentations, libre de passer une semaine chez Amalia et Tabor, qui vivent désormais dans une petite maison au bord de l'Yonne. Ses parents adoptifs sont devenus un couple de retraités fatigués. Elle semble tenir le coup, mais lui a une mine cadavérique. Le soleil et l'air de la campagne ne suffisent pas à éradiquer son cancer contre lequel il lutte vaillamment.

– Toi, pas oublier moi, dit-il à William d'une voix gutturale. C'est gentil venir t'ennuyer ici.

– Mais je ne m'ennuie pas. Je ne m'ennuie jamais, tu sais.

– Oui, je sais. Toi pas changer. Toujours aimer télé ?

– Oh oui ! On a même un magnétoscope, maintenant. On peut voir tous les films qu'on veut.

Et de raconter aux deux, pendant des heures, les longs-métrages incroyables qu'il a découverts grâce à la magie de la VHS. Notamment cette collection baptisée « Les films que vous ne verrez jamais à la télé », dont *Massacre à la tronçonneuse*, *Mad Max*, *Chair pour Frankenstein*, tous interdits de sortie en salles. Amalia est horrifiée par les récits de son protégé, mais elle ne l'interrompt pas, ravie que Roger Carbonnier n'ait pas entamé l'exaltation et l'émerveillement du garçon. Une fois, elle se risque à lui demander comment se déroule son quotidien.

– Bah ! Ça va mieux, répond William, qui n'a pas trop envie de s'attarder sur le sujet.

– Mes câlins ne te manquent pas trop ?

– Ils me manqueront toujours. Mais comme je bosse bien à l'école, papa me laisse faire ce que je veux maintenant.

– Et avec Patrick ?

– Il est tout le temps fourré avec papa. Il me taquine un peu, mais je te dis, avec les notes que j'ai eues, même maman lui a dit de me lâcher la grappe. Et la semaine prochaine, on part tous ensemble en Yougoslavie.

Le voyage se déroule d'ailleurs à merveille. Ils logent dans un très bel hôtel, passent le plus clair de leur temps à la plage et, la nuit venue, William est autorisé à accompagner son grand frère dans la boîte de nuit du complexe touristique. Il y connaît son premier flirt avec une jeune Italienne qui ne parle pas un mot de français. Ils usent tous deux d'un anglais approximatif, mais passent très vite à une langue plus universelle – celle qu'ils ont dans la bouche, oui.

À la rentrée, William est transfiguré, galvanisé, prêt à en découdre avec ces études qui s'annoncent brillantes. Comme dirait l'autre, tout va pour le mieux dans le meilleur des mondes possibles.

Ce même autre qui a dit que les faits ne cessent pas d'exister parce qu'on les ignore…

– 14 –

La large bande verte près du plafond rappelle la couleur initiale du mur, aujourd'hui entièrement noirci par les balles de tennis qui s'y heurtent par milliers, laissant leurs marques éphémères recouvertes par d'autres, et par d'autres encore. Toute la sainte journée, les lycéens tapent comme des sourds avec leur raquette en bois, s'imaginant jouer contre Jimmy Connors, John McEnroe ou leur maître à tous, Bjorn Borg. Une bonne demi heure par jour, William rejoint le rang de ces tennismen en herbe. Quitte à se prendre des murs, autant se défouler sur celui-là.

Parce qu'en cours, il se fracasse sur chaque matière. Pourtant, il bûche sans relâche. Mais rien n'y fait. Totalement largué en maths, à côté de la plaque en histoire, dépassé en anglais… Même en français, sa moyenne est désastreuse. Sauf que là, c'est sa prof qui est en cause. L'excuse est courante, mais pour une fois, elle est justifiée. William en a la preuve. La prochaine dissertation tourne autour du cinéma. Ses camarades sont heureux pour lui. Cette fois, c'est sûr, il aura une bonne note. D'autant qu'un élève de première qui a eu exactement la même enseignante avec un énoncé similaire lui donne le corrigé idéal. Malgré cela, il n'obtiendra qu'un modeste 12/20. Toujours mieux que les habituels 7 ou 8, mais loin de ce qu'il méritait. De toute façon, le hiatus entre cette femme et lui s'est irrémédiablement creusé en début d'année scolaire. Lors d'un débat sur le septième art, justement. William défendait avec force dithyrambes la maestria de Francis Ford Coppola et de son chef-d'œuvre sorti un an avant, *Apocalypse Now*.

– Ce n'est que de l'esbroufe, le rabroua la prof. Le meilleur film de l'an dernier demeure *Woyzeck* de Werner Herzog. Ça, c'est un chef-d'œuvre, pas un opéra-bouffe destiné à impressionner de jeunes écervelés comme vous.

– Je l'ai également vu, rétorqua William. C'est aussi très bien, mais pas aussi grandiose qu'*Apocalypse Now* – qui, rappelez-vous, a eu la Palme d'or, ce n'est pas rien, tout de même.

– Rasseyez-vous et taisez-vous, Carbonnier ! Vous dites n'importe quoi et, pire encore, vous croyez tout savoir. Voyez un peu plus loin que le bout de votre nez et demandez-vous si, dans vingt ans, on se souviendra mieux de votre *Apocalypse Now* ou de ce classique intemporel qu'est déjà *Woyzeck*.

Bien qu'il eût la réponse, William se garda de la donner. Il était clairement pris en grippe, inutile d'en rajouter.

Chez lui, après les deux premiers bulletins catastrophiques, l'ambiance est évidemment redevenue irrespirable. Roger le considère à nouveau comme un loser et le met plus bas que terre dès qu'il peut – donc tout le temps. Il le laisse libre de réviser et lui évite toute corvée, mais dans le seul but de le confronter à son échec à la fin de l'année.

– Tu as eu et tu as encore toutes les chances de ton côté. Si tu ne passes pas en première C, il faudra se rendre à l'évidence.

La menace est sibylline, mais Roger n'a pas besoin d'en dire plus. William a compris. Cet été, il aura seize ans et, s'il redouble, il est bon pour la vie active. Son père ne le laissera jamais poursuivre des études s'il n'est pas au top. Le gars est buté, pétri de certitudes. Passant parfois des bornes que William n'accepte pas. Car oui, l'adolescent est désormais capable de lui tenir tête. Pas sur tous les sujets. L'emprise psychologique de l'un est intacte, et la quête affective et filiale de l'autre est irréfragable. Il s'agit plus d'un combat d'idées.

Précisons qu'en ce printemps 1981, un souffle libertaire balaie une France sinon de plus en plus à gauche, en tout cas de moins en moins giscardienne. Or, les Carbonnier, en résidant à Ivry-sur-Seine, bastion communiste historique, se trouvent sans le vouloir dans l'œil du cyclone. Roger, à droite toute, n'a de cesse d'agiter la menace socialiste avec une vision empirique de la France qui, en cas d'élection de François Mitterrand, sera incluse dans le bloc de l'Est.

– Adieu la monnaie, bonjour les tickets de rationnement !

– Tu dis n'importe quoi ! s'emporte Alfred lors d'un déjeuner dominical. Voilà plus de vingt ans qu'on attend ça. Cette fois, ce sera la bonne ! Il est grand temps que la gauche reprenne le pouvoir et qu'on pense enfin aux petites gens. Toujours les mêmes qui se goinfrent ! Y en a marre !

William n'a jamais vu son grand-père s'emporter de la sorte. Surtout, il ne l'a jamais vu s'élever aussi frontalement contre son fils.

– Je te prenais pour un con, papa, mais en fait, t'es juste naïf. Tu crois sincèrement à ces conneries de partage et de redistribution des richesses ? Je comprends mieux comment tes collègues te l'ont mis profond pendant des années !

– Roger, je t'en prie, le rappelle gentiment à l'ordre Lucie. C'est ton père, tout de même.

– Laisse, chérie, laisse ! Il fera moins le malin quand les camarades seront au gouvernement. Moi, je serai aux premières loges et je me régalerai.

– Tu seras aux premières loges de mon cul, oui ! s'énerve Roger. Tu crois que ça te rapportera quoi, à toi, pauvre retraité encarté de mes deux ? Une fois que tous les grands patrons se seront carapatés en Suisse ou ailleurs, il restera quoi dans ce pays à part nos yeux pour pleurer ?

William est circonspect. Des pays de l'Est, il a l'image peu reluisante véhiculée par les films, américains pour la plupart, et ça ne lui dit rien qui vaille. Mais il est allé en Yougoslavie et, mis à part un menu frugal imposé par l'hôtel, il n'a pas souvenir d'un univers inhumain et de privations. Il a même dansé sur du AC/DC, alors… Et puis au lycée, professeurs et élèves sont surexcités. Pas du tout effrayés. Au contraire, impatients d'être au « grand soir », comme ils disent. William est tenté de leur opposer le spectre d'une société collectiviste, mais il se tait. Il n'a ni les arguments pour étayer sa peur, ni l'intime conviction de ce qu'il appréhende. Tout cela est un peu flou.

Ce qui est très clair, en revanche, ce sont ses valeurs morales. La vision de *Dupont Lajoie*, diffusé dans le cadre des « Dossiers de l'écran », émission de débat dont le thème ce soir-là est le racisme au quotidien, lui met les nerfs en pelote. Il assiste médusé aux méfaits de Georges Lajoie, incarné par Jean Carmet, qui viole et tue la fille d'un ami (Isabelle Huppert), avant de balancer le cadavre près d'un chantier où travaillent des immigrés. Pour les amis de Lajoie, les accusés sont tout désignés. S'ensuit une ratonnade, la mort d'un ouvrier et une enquête étouffée en haut lieu. William s'indigne, mais il se console avec l'épilogue : un ami du malheureux débarque dans le café de Lajoie armé d'un fusil avec lequel il tire sur l'infâme personnage.

– Et ben, il l'a pas volé ! s'exclame le garçon, allongé comme à son habitude devant la télé.

– Parce que tu trouves ça normal, toi ? lui demande son père, assis derrière.

– Ben oui ! Fallait bien qu'il paye, ce salopard, lui répond William en se retournant.

– Mais qu'il paye pour quoi ?

– Tu te fous de moi ? C'est toi qui t'es endormi, cette fois ! T'as pas vu ce qui s'est passé avant.

– Si, si, j'ai vu. C'est vrai que le ducon Lajoie, là, il y est allé un peu fort avec la gamine, mais elle l'avait pas mal allumé aussi. Et l'autre, ça lui donne pas le droit de le flinguer.

– Mais c'est pas pour ça qu'il l'a flingué ! C'est pour son pote que les autres ont massacré à cause de lui.

– Et alors ? Ils n'avaient qu'à pas se trouver là ! Personne n'est allé les chercher.

Interloqué, William s'apprête à ferrailler, avant de pouffer de rire. Son père fait du second degré.

– Oh ! Allez, tu te fous encore de moi. T'es pas drôle.

– Non, non, William, répond Roger, calme et grave. Je suis très sérieux. Les Arabes n'ont rien à faire ici. S'ils viennent en France, c'est à leurs risques et périls. Ils n'ont pas le droit de se plaindre, ou de se venger comme l'autre, là.

– Et parce qu'ils sont en France, on a le droit de les tuer ? Non mais tu délires, là !

– Oh ! Fais gaffe à la manière dont tu me parles ! Je suis pas ton copain, moi !

– Ce n'est pas la question. Tu entends ce que tu dis ? On tuerait des gens sous prétexte qu'ils sont étrangers et qu'ils vivent dans notre pays. Tu ne peux p…

– Ça fait longtemps que t'as pas révisé ton règlement, toi.

– Excuse-moi, mais là, y a pas de règlement. C'est du racisme et…

– Ta gueule ! Tu vas dans ta chambre, tu te couches et t'arrêtes de me faire chier avec tes Arabes.

– Calmez-vous, intervient enfin Danièle, qui écoutait l'échange d'une oreille distraite en feuilletant un magazine. Vous allez finir par réveiller Sébastien.

William se lève et s'exécute, mais il fulmine. Il se retient de claquer la porte de sa chambre – la dernière fois qu'il l'a fait, il s'est pris une claque monumentale et avait dû, ensuite, ouvrir et fermer la porte délicatement pendant une heure…

Il est outré, scandalisé, ne peut croire ce qu'il a entendu, ne peut admettre qu'on puisse penser ainsi. En bon élève de son collège public, il a assisté, l'année précédente, à une projection de *Nuit et brouillard* d'Alain Resnais, documentaire électrochoc inscrit au programme scolaire. En trente-deux minutes, le film raconte les horreurs de la déportation régies par l'implacable organisation nazie. Il a également vu la série *Racines*, saga au cœur de l'esclavage dont chaque épisode était commenté le lendemain en cours d'histoire. Depuis, pour William, le racisme est inconcevable. Il ne peut imaginer que l'Homme ait oublié de telles atrocités. *A fortiori* son père. Celui-ci est dur, intolérant, mais il n'est pas bête. Et si sa réaction n'était destinée qu'à énerver son fils ? Oui, voilà, c'est ça. C'est forcément ça. William se glisse sous les draps, à la fois soulagé par ce raisonnement logique et penaud d'être tombé dans un piège aussi grossier. Le candide s'endort en se jurant qu'à l'avenir il apprendrait à maîtriser sa désapprobation, aussi légitime soit-elle.

Aussi, le 10 mai suivant, malgré un bourrage de crâne de la part de ses copains de lycée, eux-mêmes galvanisés par des parents socialistes convaincus, ne dit-il rien quand Danièle et Roger sont plongés dans un désespoir absolu. Tandis qu'en bas, la rue est en liesse et les klaxons résonnent, les Carbonnier sont blêmes et tirent une mine d'enterrement. De circonstance, puisque Alfred a succombé à un infarctus le matin même. Le malheureux ne verra donc pas l'aboutissement de ses années de militantisme. Son fils est évidemment attristé par la nouvelle, mais il est avant tout angoissé par ce que lui réserve un futur proche. Danièle, comme toujours phagocytée par son mari, est terrorisée.

– Tu crois qu'il va instaurer des goulags, le Mitterrand ? On ferait peut-être bien de se barrer tout de suite… On n'a qu'à aller en Belgique.

– J'en sais rien. De toute façon, on va pas se laisser faire. Et puis écoute-les dehors… Ils vont se soûler la gueule pendant une semaine. Ça va nous laisser le temps d'enterrer papa et de voir comment ça tourne. Demain, j'appellerai Alberto. Il doit bien savoir des trucs, lui.

Si demain est un autre jour, il ne s'avère pas si différent de ceux passés ou ceux à venir. William s'aperçoit vite que l'arrivée d'un socialiste à l'Élysée ne change pas fondamentalement le mode de vie de chacun. L'humeur générale est juste plus joviale, avec par exemple les enseignants de son lycée qui sourient désormais tout le temps. C'est d'ailleurs avec une mine réjouie que, début juin, son prof principal lui annonce qu'il redouble. Et pour le coup, William, lui, ne sourit pas du tout.

– Mais c'est une chance pour toi, insiste le professeur. On te recommande même d'aller en seconde A. C'est plus simple que la C, et c'est plus dans tes cordes. Tu n'es pas un matheux, c'est évident. Tu es un littéraire.

– Eh bien vous n'aurez qu'à expliquer l'évidence à mon père. Vous verrez, c'est simple.

Aussitôt dit, aussitôt acté. Trois jours plus tard, Roger a rendez-vous. Et il tient à ce que William assiste à la discussion.

– Comme ça, j'aurai pas à te raconter, et puis tu vas comprendre mon point de vue.

De fait, le garçon n'est pas déçu. Le prof, lui, est sidéré.

– Vous gagnez combien ? lui demande Roger, de but en blanc.

– Cela ne vous regarde pas. Qu'est-ce que c'est que cette question ?

– C'est une question de bon sens. Vous allez comprendre. Vous voulez que mon fils redouble dans une classe inférieure…

– Ce n'est pas une classe inférieure, c'est une nouvelle orientation.

– Ne jouez pas sur les mots. On est d'accord que le bac le plus important, c'est le…

– Mais il n'y a pas de bac plus important qu'un autre ! Vous êtes inc…

– Bon. Mettons que William, ici présent, ait son bac A ou B. Il a quoi comme métier après ?

– Il y a une brochure pour cela, monsieur. Que vous pouvez consulter chez…

– Quelle est la perspective de salaire pour ces métiers ? Vous vous gardez bien de l'inscrire, ça, hein !

– Mais, monsieur…

– C'est quoi ? 8 000 ? 9 000 balles en fin de parcours ?

– Monsieur Carbonnier, c'est n'importe quoi ! Votre raisonnem…

– Oui, c'est n'importe quoi ! Ces études, c'est du n'importe quoi ! Je vais vous dire, moi, ce qui n'est pas n'importe quoi : je le sors de l'école maintenant, et je lui file un boulot payé tout de suite 5 000 balles par mois. Qu'est-ce que vous avez à répondre à ça ?

– J'ai à répondre que vous allez priver votre fils d'un enseignement indispensable pour une vulgaire histoire d'argent. Votre discours est d'une bêtise insondable et vous donnez un piètre exemple à ce jeune homme.

– Je suis peut-être bête, mais je fais de la maille, moi. Ce que vous gagnez en un an, je me le fais en un mois. Et ce sera pareil pour lui, dans pas longtemps. Allez, viens, William, tu n'as plus rien à faire ici.

Il prend son fils par l'épaule et l'emmène. Ce geste affectueux achève de convaincre William. Son père a été un peu brusque, mais il a trouvé sa démonstration édifiante. Après tout, s'il peut tout de suite gagner 5 000 francs par mois, nécessité fait loi.

Le chef a raison. Le chef a toujours raison.

L'école est finie.

Et de fait, les récréations aussi.

– 15 –

Lui qui croyait tout perdre, il a tout gagné. Sept mois que la France a un président socialiste et, hormis l'abolition de la peine de mort, aucun changement radical n'a perturbé ses affaires. Pas de Politbureau, pas de saisie, pas d'exécution sommaire, même pas de prisonnier politique ! Du coup, Roger Carbonnier est devenu un vrai patron à la tête d'un commerce florissant. Il a eu la bonne idée d'investir plusieurs supermarchés en créant, à l'entrée de chacun, un stand de fruits et légumes. Il se doute que cela ne durera qu'un temps – pas de raison que les grandes surfaces laissent un tel marché leur filer entre les doigts. Mais pour l'heure, Carbonnier a la mainmise sur une douzaine d'emplacements dans Paris et sa périphérie. Il a affecté William dans un magasin au pied du métro Nationale, dans le XIIe arrondissement. Son fils travaille sous les ordres de Josy, amie de longue date de son père qu'il soupçonne d'être son ex-petite amie. Elle a un caractère de cochon, jure comme un charretier, mais traite gentiment son commis. On peut même dire qu'entre eux s'est nouée une complicité, soudée par un brocardage constant de leur patron – dès lors que celui-ci a le dos tourné en ce qui concerne William, en face et sans gêne aucune en ce qui concerne Josy.

Aux côtés de cette nature, le jeune homme a développé un bagou et une belle assurance. Il dialogue sans relâche avec les clientes, dont une en particulier pour qui il a un coup de cœur. Elle s'appelle Anne, a dix-neuf ans et vit dans l'immeuble qui surplombe le supermarché. Depuis qu'il a effectué une livraison dans son studio, William a sympathisé avec la demoiselle et lui apporte régulièrement des croissants avant d'embaucher. Chaque fois qu'il entre chez elle, il s'enivre de l'odeur de pomme verte qui embaume ce nid douillet décoré avec soin. Évidemment, la jeune femme n'est pas dupe et devine les sentiments de son dévoué. Elle devrait couper court à ses espérances, lui dire qu'il est trop jeune, qu'elle préfère les hommes mûrs, que ce studio n'est en fait qu'une garçonnière qu'un homme marié lui a aménagée… Mais elle n'en a pas le cœur. Elle éprouve pour son prétendant une tendresse particulière et se refuse à lui faire de la peine.

En attendant, William arrive toujours d'humeur enjouée au boulot. Sauf le lundi, que Josy s'octroie pour prolonger son week-end. Danièle la remplace et l'ambiance est nettement moins à la rigolade, faute de connivence entre elle et son fils. Celui-ci est du coup encore plus heureux le mardi, jour de retrouvailles avec sa responsable favorite. Et tout aurait pu continuer ainsi sans une réflexion de trop lâchée par une fidèle cliente.

– Qu'est-ce que vous ressemblez à votre mère ! dit-elle à William.

– Merci, se sent-il obligé de répondre.

La dame partie, il se tourne vers Josy.

– Et une de plus ! C'est quand même dingue !

– Quoi ?

– Depuis tout petit, on ne cesse de me dire que je ressemble comme deux gouttes d'eau à ma mère. Ça soûle.

– Tu devrais être content, elle est belle, ta mère. Prends ça comme un compliment.

– Oui, je sais. Mais jamais, tu entends, jamais, on ne m'a dit que je ressemblais à mon père. C'est quand même incroyable.

– Ce qui serait incroyable, c'est qu'on te le dise. Parce que ça signifierait que la personne le connaît, et là, ce serait un scoop. Tiens, va me chercher des poireaux au frigo, faut recharger là, y en a presque plus.

– Je sais qu'il vient pas souvent, mais pas mal de clientes l'ont déjà vu quand même, soupire William, qui s'apprête à se rendre dans la réserve.

– Mais je parle pas de Roger, imbécile ! Je parle de ton père, le vrai, le génétique, quoi !

William s'arrête net et revient sur ses pas.

– Qu'est-ce que tu fous ? Et les poireaux ?

– Ils attendront, les poireaux. Qu'est-ce que tu sous-entends, là ?

– Arrête de faire le con. C'est gentil de t'en persuader, mais depuis le temps, t'as bien compris que Roger n'était pas ton père, tout de même ?

À la mine ahurie de William, Josy réalise que non, il n'avait pas compris ; que toutes les allusions et insinuations ne lui avaient pas ouvert les yeux ; que William est un garçon simple et rationnel, qui assimile les informations à partir du moment où on les lui donne clairement.

Josy, atterrée par sa gaffe monumentale, l'attrape vigoureusement par les bras.

– Je t'en supplie, ne dis pas à Roger que je te l'ai dit.

– Mais pourquoi ? Si tout le monde croit que je sais ?

– Parce que ce n'est pas à moi de te parler de ça. S'il l'apprend, il me vire et il me démonte la tête avant.

– Mais je peux en parler avec ma mère, tout de même ?

– Non, pas avec elle. Ni avec personne. Le jour où ils se décideront à te l'annoncer clairement, on verra. Mais pour l'instant, tu te tais.

– OK, mais c'est qui alors, mon père ? Tu dois savoir, toi.

– Non, personne ne sait.

– Ma mère, elle sait forcément.

– Écoute, on en reparle en déjeunant, lui promet-elle en lui indiquant du regard deux clientes qui viennent de se planter devant l'étalage. Là, c'est pas vraiment le moment.

Pendant les deux heures suivantes, William n'ouvre pas la bouche. Il sert les ménagères le regard ailleurs, obsédé par cette révélation. On le serait à moins. Ce type qu'il cherche à aimer coûte que coûte, dont il accepte toutes les avanies sans broncher pour gagner ses faveurs, qu'il a eu tant de mal à appeler papa, n'est donc pas son père. Pourquoi ne lui a-t-on rien dit ? Parce que apparemment, il est le seul à ne pas avoir été mis au courant. Même Amalia devait le savoir ! Il retourne toutes les hypothèses, passe en revue toutes les remarques susceptibles de le mettre sur la voie… Pour déboucher à chaque fois dans la même impasse au bout de laquelle apparaît inéluctablement la même question : qui ?

– Alors ? demande-t-il à Josy, à peine sorti du magasin.

– Attends ! Allons nous asseoir.

– Alors ? insiste-t-il à peine attablé.

– Alors tu vas être déçu parce que j'ai pas grand-chose à t'apprendre, prévient Josy. Écoute, ta mère avait apparemment plusieurs amoureux et t'a eu avec l'un d'eux. Roger l'a rencontrée alors que tu venais de naître. À l'époque, j'étais sa chérie, et il m'a larguée pour elle. Sauf que, comme ils bossaient et qu'ils habitaient dans un petit studio, ils pouvaient pas…

– … me garder, oui, ça, je sais, la coupe William, effectivement déçu. N'empêche, il est impossible que ma mère ne sache pas qui est mon père.

– Peut-être qu'elle a une idée et qu'elle t'en parlera un jour. Mais pour l'instant, tu dis rien. Tu m'as promis, hein ! Tu fermes ta bouche.

– Oui, t'inquiète pas.

Il tient sa promesse. Difficilement, douloureusement, mais il la tient. Et puis, très vite, il tourne la frustration à son avantage. Ses parents ne savent pas qu'il sait – en tout cas, pas aussi sûrement. Il tire une petite satisfaction d'avoir cette légère avance sur eux. Qu'il observe désormais d'un autre œil, plus critique, moins clément. L'adolescent docile devient d'un coup insolent et irascible. Les menaces n'y changent rien. Il discute tout, remet chaque ordre en cause. Et là, il va jusqu'à refuser le morceau de roquefort que Roger lui a posé dans l'assiette.

– Un bout de camembert, si tu veux, mais pas le roquefort. J'en ai marre.

– Ah ! T'en as marre ? Ben tiens, je vais te donner une raison d'en avoir vraiment marre.

Et de lui servir un morceau supplémentaire.

William, les dents serrées, se promet de ne pas toucher à son assiette.

– Tu sais que tu ne sortiras pas de table avant d'avoir fini ? Quitte à ce que tu y passes la nuit.

Pas de réponse. Juste un regard plein de haine planté dans celui de ce père illusoire.

– Et baisse les yeux ! Depuis quand tu me défies comme ça ?

Depuis qu'il sait qu'on lui ment. Porté par la colère, William se sent invincible. Il a oublié à qui il avait affaire. Plus fort que lui.

– C'est simple, si t'as pas avalé ton fromage dans dix minutes, ton ciné du dimanche, tu peux t'asseoir dessus.

Une fois de plus, Roger a touché le point sensible. Et l'infatué ne sait même pas à quel point. Dimanche après-midi, William doit sortir avec

Anne. Elle a enfin cédé à une énième invitation du jeune énamouré. Pas question de lui poser un lapin. Alors William s'avoue vaincu. Il desserre les dents, baisse son regard et avale le roquefort. Il ne peut réprimer un haut-le-cœur.

– Attention ! prévient sa bête noire. Tu vomis, tu reprends. Tu le sais, hein ?

Il le sait et ne vomit pas.

L'assiette enfin vide, Roger redevient calme.

– Qu'est-ce qui te passe par la tête en ce moment ? T'arrêtes pas de nous chercher, ta mère et moi. Qu'est-ce tu cherches à te prouver ?

– Il doit faire ses couilles, c'est tout, conclut Patrick, toujours là quand il faut.

– T'as une nana ? s'étonne Roger. T'as baisé, c'est ça ? Mais oui, c'est ça ! T'es plus puceau et tu te sens un homme ! Allez, raconte !

La rage a quitté William. Il est mortifié par la tournure de la conversation, à laquelle il préférait encore la confrontation.

– T'as déjà léché une moule ? questionne Patrick, le sourire en coin.

– Mais lâchez-le un peu, au lieu de lui balancer vos saloperies, s'insurge Danièle.

– C'est pas des saloperies, c'est l'amour, continue le frère aîné, goguenard.

William ne répond rien. Il sort de table, débarrasse silencieusement, puis s'en va dans sa chambre.

Il se répugne de ne pas avoir tenu tête à ces beaufs irrespectueux, se trouve minable de ne pas connaître les plaisirs de la chair, sans quoi il leur aurait fermé le clapet, à ces ignares dégénérés. Qu'est-ce qu'ils connaissent à l'amour, ces crétins ? A-t-on idée de tout salir de la sorte ?

Il idéalise Anne au-delà du raisonnable. Il la désire mais est incapable de fantasmer sur elle. Aussi, quand il la raccompagne chez elle ce dimanche après-midi, est-il tout gêné lorsqu'elle lui prend la main et l'entraîne dans l'ascenseur. Consciente qu'elle sera sa première fois, elle l'assoit lentement sur le bord de son lit, s'agenouille et l'embrasse délicatement. William bredouille quelques mots inaudibles.

– Je sais, répond-elle simplement d'une voix douce.

Les jours qui suivent, William est à nouveau calme. Sa fureur a disparu. Ses interrogations le taraudent toujours, mais il les a remisées dans un coin de sa tête. Il ne pense qu'à Anne. Il l'a croisée la veille, en fin de journée. Elle semblait pressée, embarrassée. Du reste, elle lui a à peine effleuré la bouche. Un baiser à la sauvette, avant de s'engouffrer dans son immeuble.

– Tu sais que je t'ai vu hier, avec la petite, devant l'immeuble, lui dit Roger, qui est passé le prendre en voiture à la fermeture du supermarché.

– Ah oui ! Et alors ?

– Alors je connais ce genre de nana. C’est pas pour toi. C’est une michetonneuse.

– Mais comment tu peux dire ça ? s’emporte immédiatement William. T’as pas le droit de juger les gens comme ça, sur un simple coup d’œil !

– Oh ! Calme-toi, don Juan. Je te dis ça gentiment, c’est pour toi. Comme je suis un bon père, je fais attention à tes fréquentations. Et figure-toi que je me suis renseigné auprès du gardien. Autant que tu le saches, son studio, il est loué par un mec plus vieux que moi.

– Son père, sans doute.

– Ah non ! Désolé ! Là-dessus, le gardien est formel : c’est son mec. Enfin, son protecteur, disons. Le cas classique de la meuf qui se fait entretenir par un homme marié, quoi ! Au mieux.

– Tu dis n’importe quoi !

– C’est pas moi qui le dis. C’est le gardien ! Mais c’est pas grave, va ! Des nanas, y en a plein. J’espère juste que tu l’as bien sautée, parce qu’elle est bonne, hein !

Dévasté, William enfonce ses ongles dans ses cuisses pour ne pas frapper son père. À ce moment précis, il le hait de toute son âme. Il voudrait le voir mort. Lui-même voudrait être mort. Il est vidé. Au bout du rouleau. Son désarroi est insurmontable. Arrivé chez lui, il a une attitude désincarnée.

Il obéit sans broncher, ne prononce d'autres mots que oui, non, bonne nuit.

Le lendemain matin, Roger passe au magasin voir ce que doit rapporter André, désormais préposé aux halles de Rungis.

– William est malade ? s'inquiète Josy.

– Non, pourquoi ?

– Ben parce qu'il n'est pas là, tiens ! lui répond-elle.

– Mais où il est passé, ce con ? s'interroge à voix haute Roger, qui soupçonne immédiatement une fugue.

La première.

– 16 –

William est un peu déçu. Dans son souvenir, la tour où il a grandi était gigantesque. Là, assis sur un parapet au pied de l'immeuble de son enfance, il trouve le bâtiment moyen, comme tassé par le temps. Les yeux rivés sur les fenêtres du dixième étage, il se demande qui habite dans l'appartement d'Amalia et Tabor. Depuis deux heures qu'il guette, il n'a croisé personne qu'il connaissait. À croire que tout le monde a déménagé. En plus, à cette heure de la journée, ses copains d'antan doivent encore être au lycée. Il n'est pas loin de midi. Et il commence d'ailleurs à avoir faim. Il n'a pas grand-chose sur lui. À peine une trentaine de francs. Roger lui donne cinquante francs par semaine, assurant lui mettre le reste de sa paye de côté et lui constituer ainsi, pour sa majorité, un joli pactole. William a bien entendu accepté la proposition – vu qu'il n'avait évidemment pas le choix.

En se dirigeant vers la boulangerie pour s'acheter une demi-baguette, il se rapproche de chez Patricia, qui loge à deux pas d'ici. Ce matin, il s'est rendu directement chez elle. Sans réfléchir. Comme par automatisme. Affligé par la peine, écrasé de lassitude, il est retourné au bercail, ou presque. Patricia n'est pas Amalia, mais son nid n'est pas loin de celui où William a vécu ses plus belles années. Et puis c'est la fille de sa nourrice. Elle est comme sa sœur. Sa grande sœur. Capable de le comprendre, de l'aider, de le cacher.

À 8 h 30, elle est déjà partie au travail, un mi-temps de secrétaire dans une boîte de gestion. Un boulot alimentaire pour payer le loyer de son modeste studio, tout en poursuivant des études d'histoire de l'art – elle veut devenir guide conférencière. Par chance pour William, elle repasse toujours chez elle pour déjeuner. Et c'est assez surprise qu'elle ouvre la porte à son petit frère, apparemment au plus bas. Elle devine immédiatement qu'il ne s'agit pas d'une visite de courtoisie et invite le malheureux à partager la salade qu'elle vient de se préparer. Il lui raconte tout. Son père qui n'est pas son père, Anne qui n'est pas celle qu'il croyait, sa vie qui n'est pas celle qu'il veut. Elle l'écoute sans l'interrompre et sans exprimer le moindre étonnement. Le récit terminé, elle esquisse un sourire et s'allume une cigarette. Devant ce calme olympien, William redoute qu'elle dise que tout cela n'a pas une grande importance, que c'est un mauvais moment à passer, qu'il se fait des idées fausses, et toute la panoplie de réflexions convenues destinées à rasséréner les ados tourmentés.

– Si tu savais, petit frère… Tu n'as rien à craindre de lui.

Celle-là, il ne l'avait pas vue venir. Il écarquille les yeux et se recule sur sa chaise.

– Pourquoi tu me dis ça ?

– Parce que tu vas tranquillement rentrer chez toi et arrêter d'avoir peur de lui.

Elle n'a donc rien compris. Il n'est pas ravagé par la peur, mais par la douleur, le chagrin, le doute. On ne combat pas la détresse avec du courage, mais avec des perspectives, des espoirs de jours meilleurs, des issues de secours. Au pire, qu'cllc lui fournissc dcs rcponscs. « Si tu savais » a-t-elle dit… C'est donc qu'elle sait, elle.

– Ce n'est pas la peur, le problème. Je m'en fous de me prendre des baffes. Je veux juste comprendre pourquoi il est comme ça avec moi.

– Mais il n'y a pas qu'avec toi qu'il est comme ça. Il manipule tout le monde et ne pense qu'à sa gueule. Et là, je suis certaine qu'avec ta fugue, il doit flipper comme jamais.

– Tu parles ! Il a dû aller direct chez les flics, oui.

– Et c'est là que je vois que tu le connais mal. La police, moins il a affaire à elle, mieux il se porte.

L'image d'Alberto revient alors à l'esprit de William. C'est vrai que son père… Ou son beau-père… Bref, l'autre fricote avec des malfrats et en est sans doute un lui-même.

– À quoi tu penses ? demande Patricia, voyant son frère de lait se triturer les méninges.

– À ses fréquentations dans le Milieu.

– Mais arrête avec ses fréquentations dans le Milieu ! Parce qu'il a fait un peu de taule, il se prend pour un parrain ?! Mais c'est du rien. Je te jure qu'il a pas les épaules.

– Comment ça, il a fait de la taule ?

– Écoute, franchement, je ne sais pas trop, mais je ne crois pas que ce soit très brillant. Je peux pas t'en dire plus, mais je ne pense pas que la police ni le Milieu n'aient une très haute opinion de lui. De toute façon, un jour ou l'autre, tu comprendras tout.

Sauf que ce n'est pas un jour ou l'autre qu'il veut comprendre. C'est aujourd'hui, tout de suite, maintenant. Marre des secrets. Ras-le-bol des non-dits. Comment peut-il lutter, se défendre, avancer et se construire si on ne lui dit rien ou si on lui intime de se taire quand on lui fait grâce d'une révélation ? Sa vie est devenue un labyrinthe auquel, chaque jour un peu plus, s'ajoutent de nouveaux embranchements tortueux et obstacles mystérieux. Rcnfrognć, William sc lèvc brusqucmcnt ct tapc du pied dans la chaise. Toute quinaude, Patricia voudrait atténuer cette frustration, balancer d'un bloc ce qu'Amalia lui a raconté, mais elle aussi a juré de garder le silence. « Ça le détruirait », lui a répété sa mère. Alors elle se tait. Et puis, après une brève hésitation, elle choisit de partager une confidence très personnelle. Ça ne sortira pas William de son dédale, mais ça lui apportera un éclairage plus juste sur celui qui n'a de cesse de l'y perdre.

– Je sais que ça va t'énerver, mais ce que je vais te raconter, tu ne pourras pas non plus en faire mention, lui dit Patricia. Je n'en ai parlé à personne car si mon père apprend ça, même dans l'état de fatigue où il se trouve, il serait capable de faire une grosse connerie en réglant son compte à ton père.

– Ce n'est pas mon père ! s'insurge William, buté et énervé à l'idée d'être à nouveau le récipiendaire d'un aveu dont il ne pourra se servir.

– Légalement, si. Il t'a reconnu et tu portes son nom. Mais là n'est pas la question. Écoute-moi et tu comprendras au moins pourquoi tu ne m'as plus vue chez toi depuis votre crémaillère. Tu te souviens de la crémaillère ? J'avais quinze ans et toi neuf je crois.

– Oui. Et alors ?

– Mes parents sont partis très tôt parce que mon père était fatigué, et moi je suis restée avec toi parce qu'on était en pleine partie de Monopoly, tu te souviens ?

– Oui, oui. Vas-y ! Il s'est passé quoi ?

– Ton père a proposé de me ramener, plutôt que je prenne le métro le soir…

Elle marque une pause, tire longuement sur sa cigarette, et se lance.

– Tu le crois qu'en chemin, dans la voiture, il pose une main sur ma cuisse ?

– Qu'est-ce que t'as dit ?

– Rien. Je lui ai retiré sa main d'un coup. J'ai pensé qu'il comprendrait. En plus, j'étais super choquée. Je ne m'y attendais tellement pas. Il me demandait si j'avais un petit ami, il me disait que j'étais devenue jolie et que les mecs devaient me tourner autour, qu'il fallait que je fasse gaffe… Je me disais que c'était pour me faire la conversation, et sans crier gare, il pose sa main. Je l'envoie chier, et là il me sort que lui, il saurait s'occuper de moi, qu'il a de l'expérience, et tout un baratin hallucinant. Je lui dis de se taire, je m'énerve… Et lui, au lieu de se la jouer honteux, genre « je regrette », il ne trouve rien d'autre à faire, tout en conduisant, que de me peloter le sein avec sa main droite. J'ai viré sa main et je lui ai dit d'arrêter tout de suite la voiture. Il voulait pas parce qu'on était sur le périph. Mais moi, j'en avais rien à foutre qu'on soit sur le périph ! Je me suis mise à le taper et à le griffer, et il a fini par piler sur le côté. Et quand je suis descendue de la...

Les trois coups donnés contre la porte d'entrée interrompent net le récit. L'index sur la bouche, Patricia fait signe à William de rester silencieux. Figés, ils sursautent à nouveau cinq secondes plus tard. Ça cogne maintenant à tout va. Et ça gueule.

– Ouvrez, je vous ai entendus.

Leurs craintes sont fondées. C'est bel et bien Roger. À peine Patricia a-t-elle déverrouillé et tourné la poignée qu'il s'introduit brusquement.

– Qu'est-ce que tu lui racontes comme saloperies ? hurle-t-il.

– Ah non, Roger ! répond-elle, stoïque. N'inverse pas les rôles. J'en étais justement aux saloperies que toi tu m'as sorties quand je suis descendue de ta voiture, ce fameux soir où tu as gentiment voulu me raccompagner. Tu te rappelles ce que tu m'as dit ?

– Mais quelle mytho ! L'écoute p...

– Non, tu ne m'as pas traitée de mytho. Tu m'as très exactement dit : « Va te faire sauter par des jeunes cons qui feront de toi une mal-baisée. »

Et avant que je claque la portière, tu as ajouté : « T'es qu'une petite allumeuse. »

– Entre son fils qu'est devenu un glandeur de gauchiste et toi qui te complais à foutre la merde, le pauvre Tabor n'est pas gâté, hein !

– Laisse mon père où il est, tu veux. Si je lui racontais le quart du tiers de cette promenade en voiture, il te dévisserait la tête.

– Faudrait encore qu'il te croie, et tu ferais que l'achever avec ton baratin.

– Allez ! Dégage de chez moi ou j'appelle les flics !

– Te gêne pas ! Ils seraient ravis de voir que tu planques un mineur qui a fugué.

– Je ne le planque pas. J'ai invité mon petit frère à déjeuner, ça se fait. Toi, en revanche, ça t'arrangerait pas vraiment hein ! que les flics mettent le nez dans tes petites affaires. Un ado ne fugue jamais par hasard. C'est qu'il y a des problèmes à la maison… Ça veut dire enquête de la DDASS, farfouille de dossiers, questions sur le passé…

– Bon, allez, viens, William ! Cassons-nous d'ici.

– Oui, c'est mieux. T'inquiète pas, petit frère, il osera pas t'embêter. Il n'a pas envie de faire de vagues. N'est-ce pas, monsieur Carbonnier ?

La porte claque violemment en guise de réponse.

Sur le chemin du retour, William n'en mène pas large. Il se sent un peu seul face à la bête. Comme une proie dont l'autre ne ferait qu'une bouchée. Sauf que le loup s'est métamorphosé en louve. Aucun reproche, aucune menace, aucune promesse de représailles. Au contraire. Un regard plein de compassion, un air presque contrit. Et quand il se décide à joindre le verbe à l'attitude, il verse dans la résipiscence.

– Je sais que j'y vais un peu fort parfois, mais il ne faut pas trop m'en vouloir. Tu ne t'en rends pas compte, mais tout ce que je fais, c'est pour ton bien. Je te promets une explication détaillée dans deux ans, le jour de tes dix-huit ans. Là, tu comprendras tout.

Mis en confiance, William ose la question :

– Pourquoi pas maintenant ?

– Parce que c'est trop tôt. Parce que j'ai fait une promesse que je veux tenir. Et je n'ai qu'une parole. D'ailleurs, je te donne ma parole que si tu m'écoutes et agis selon mes conseils, je ferai de toi le roi du monde. Sache qu'à mes côtés, tu ne craindras jamais rien. Je te protégerai toujours.

Devant la moue dubitative de William, il continue d'une voix moins mortifiée et plus assurée.

– Tu crois que ça m'a plu de te dire la vérité sur ta petite amie ? Je sais que ça t'a fait mal. Mais tu aurais eu encore plus mal si t'avais appris la vérité plus tard. Tu n'as pas encore le cuir assez tanné. Tu te fies trop aux apparences. Regarde ce que Patricia invente pour te bourrer le mou. Tu m'imagines, moi, faire des avances à la fille d'un de mes meilleurs amis, à qui je t'ai confié, qui t'a élevé comme son propre enfant ? Ah ! Rien que d'y penser, ça me dégoûte !

C'est l'apanage des pervers narcissiques d'être nocifs mais pas bêtes. Pas toujours, en tout cas. Et Roger Carbonnier appartient à l'espèce la plus redoutable. Son discours est posé, convaincant, alterne repentir, justification et serment. Et William a tellement envie d'y croire… Là, pour un peu, il boirait ses paroles. Ne serait-ce que pour mieux avaler la pilule.

Amère, la pilule.

– 17 –

Danièle, Patrick et Roger ont l'air de s'en moquer complètement. Pas William. Il ne s'explique pas trop la peine qu'il éprouve pour la disparition brutale d'un homme qu'il ne connaissait pas, mais c'est plus fort que lui.

Il n'a vu que deux films avec Patrick Dewaere, *Adieu poulet* et *Coup de tête*, mais combien de fois ! Il les a enregistrés et se les repasse régulièrement, jusqu'à connaître les répliques par cœur. Au delà du verbe, il adore le naturel avec lequel l'acteur y incarne un rebelle à l'autorité. Sous son air nonchalant, le gars apparaît aux yeux du jeune spectateur comme un modèle, un type formidable qu'il aurait bien aimé rencontrer. Un type « qui n'aurait jamais dû mourir », comme il est écrit dans *Première*, son magazine favori. Parce qu'il vient de se tirer une balle. Va savoir pourquoi. Là, William est perdu. L'idée du suicide l'a déjà effleuré, mais à condition qu'il soit raté. Un appel au secours, une manière d'attirer l'attention, un moyen d'être plaint et cajolé. Mais en finir pour de bon, sans espoir de retour, non. C'est totalement contraire à son état d'esprit, à son indéboulonnable optimisme, à son irrépressible rage de vaincre. Comment peut-on en arriver à cette extrémité ? L'acte de Dewaere le laisse pantois.

– Mais arrête de faire cette tête ! lui dit son grand frère, affalé sur le canapé devant le journal télévisé. On dirait que tu viens de perdre un ami ! Ça te chagrine parce qu'il s'appelait comme moi ?

– Ah ! C'est sûr que ça remet en cause les profils établis d'après les prénoms, parce que vous aviez autant de points communs qu'un plat de nouilles avec une tondeuse à gazon.

– Mais qu'est-ce que t'en sais qu'on n'avait pas de points communs, puisque tu le connaissais pas, bouffon, va !

– C'est vrai, tu te mets dans un de ces états pour un acteur, ajoute Danièle. Aide-moi plutôt à mettre la table.

William s'arrache péniblement à son fauteuil pour suivre sa mère.

Il ne s'allonge plus devant la télé car le salon de leur nouvel appartement est plus petit. Parce que ça y est ! Ils habitent à Paris ! Dans le

XVIIe arrondissement. Plus du côté de l'avenue de Saint-Ouen que du boulevard des Batignolles, mais c'est toujours mieux que de l'autre côté du périph. Ils sont locataires d'un quatre pièces, dont une dévolue à Sébastien qui, s'il n'y avait pas le lit, passerait davantage pour un magasin de jouets que pour une chambre. L'enfant n'est pas gâté : il est pourri ! Pour autant, curieusement, il n'est pas trop capricieux. Il est vrai qu'il obtient tout ce qu'il veut – et avant même de le vouloir, alors… Juste à côté, la chambre de William est un micro-musée de cinéphage, tapissé d'affiches de films qu'il change régulièrement. Il les achète dix balles à l'employé chargé des placards publicitaires de la gare d'Austerlitz. C'est là que William bosse maintenant. Roger a lâché les supermarchés pour investir les halls des gares parisiennes, dénués de commerces à l'exception d'un stand de presse ou d'un Pimkie, enseigne de fringues bon marché en plein essor. Du coup, il loue des emplacements à la SNCF, pour y vendre tout et n'importe quoi. Un jour, c'est de la bijouterie fantaisie. Un autre, ce sont des produits antillais. À l'approche des fêtes de Noël, ce sont des huîtres. À l'approche de Pâques, des chocolats. Fin avril, c'est du muguet. Quand il fait beau, ce sont des lunettes. Quand il pleut, des parapluies. Et quand c'est option fruits et légumes, on se limite aux mains de bananes, aux ananas, aux avocats, aux barquettes de fraises… Bref, que de la vente à la pièce. Pas de pesée. Faut que ça aille vite. Les clients ont un train à prendre ou un métro à attraper.

Le flux est impressionnant. Ça cavale dans tous les sens. Le tourbillon inhérent aux heures de pointe enchante William, qui prête mille et une histoires à ces anonymes affolés pour une raison que la plupart d'entre eux ignorent sans doute. Ils sont pris dans le mouvement, happés par le stress, la foule, le bruit…

– Au voleur ! Au voleur ! hurle parfois William quand un rond-de-cuir passe comme une flèche devant son étalage. Et le malheureux de cavaler encore plus vite sous les regards suspicieux des badauds qui ont pris le temps d'arrêter leur course, avide d'anecdotes à raconter chez eux.

Bref, William s'amuse bien. En plus, il travaille à nouveau avec Daniel, l'amateur de piments antillais, devenu comme lui commerçant tout produit. Le tandem fonctionne à merveille, surtout quand ils organisent une fausse sauvette. Le chaland est toujours plus attiré par un vendeur sans autorisation. Ce que celui-ci a à écouler sera forcément moins cher, vu qu'il doit lever le camp avant que les forces de l'ordre ne le lui saisissent. Assis sur un petit tabouret pliant, il commence son baratin devant Daniel, « le baron », nom donné à celui censé jouer le client et, du coup, en attirer d'autres. William parle vite, fort, deux cartons de marchandises à ses pieds, dont il extrait un à un des articles d'une qualité qu'il prétend prodigieuse, liquidations d'usine ou tombés du camion, qu'importe, c'est une affaire en or, immanquable, on vous dit ! Il commence par le sac de voyage en similicuir d'une valeur de 200 francs, qu'il laisse exceptionnellement pour un billet de 100 ; dans ce sac, il glisse une sacoche avec bandoulière coulissante, c'est cadeau ; une pochette en peau retournée, cadeau aussi ; la trousse de toilette ? Offerte ! Et il ajoute un portefeuille et un porte-cartes, allez ! C'est gratuit ! Vous ne payez que le sac, et encore ! Pour la moitié de sa valeur !

Aux deux tiers du boniment, Daniel sort un billet, le garde ostensiblement dans la main, et ne le tend à William que quinze secondes avant la fin. Le timing est essentiel. S'il est respecté, la mécanique est imparable. Une fois cette première « vente » faite, deux, trois, six personnes ou plus veulent profiter de l'offre et agitent frénétiquement leur Delacroix. En fin de matinée, Roger relève les compteurs, rarement déçu du résultat.

– T'as la fibre, William ! répète-t-il à son champion.

Du coup, à la maison, la pression est retombée. Ce n'est pas le nirvana, mais on lui fout la paix. Reste Patrick… Son omniprésence l'oppresse. Il est devenu l'ombre de Roger, son ersatz. Et la copie est toujours pire que l'original. Danièle, encore écrasée par la culpabilité, ne le contredit jamais. Soumise à son mari. Asservie à son fils aîné. William aimerait la plaindre, mais il est lui-même trop en souffrance. Son affliction n'est cependant pas à vif, comme avant. Il a mis un mouchoir par-dessus. Ou plutôt un drap. Il se noie dans ses magazines, s'évade dans ses films, se défoule au travail… Mais la déchirure est là, à l'intérieur, étouffée et néanmoins prégnante. Et qui s'élargit inéluctablement.

À défaut d'éradiquer la douleur, William la pallie avec du ressentiment. Ça soulage d'avoir un ennemi. Ça défoule. Lui, si doux autrefois, nourrit une inextinguible rage à l'encontre de cet intouchable demi-frère. Du coup, la tension est palpable. Ils sont comme deux chiens grognant et montrant les crocs dès qu'ils se croisent.

À côté, Wolf est un agneau. Qui, du reste, disparaît du jour au lendemain.

Plus de laisse, plus de gamelle, plus rien.

– Mais il est où, Wolf ? demande William.

– Terminé, Wolf, répond simplement Roger. À l'heure qu'il est, il doit être arrivé au paradis des chiens.

– Qu'est-ce tu veux dire ? s'inquiète le garçon, carrément blême.

– Il était devenu dangereux.

– Dangereux ? Mais il est adorable.

– Était adorable ! Ce matin, je m'approche de sa panière pour enlever un vieil os qui traînait, et voilà qu'il manque de me choper la main.

– Ben oui, c'est normal ! Quelle idée de vouloir lui retirer un os quand il est dessus !

– Imagine que ce soit Sébastien qui fasse ça, et que le clebs lui arrache la tête, tu trouveras ça normal ?

– Non, mais c'est pas ce qui s'est passé.

– Mais c'est ce qui aurait pu se passer.

– Et alors, qu'est-ce que t'as fait ? Tu l'as donné ?

– Non, je te dis, il est au paradis des chiens. Direct chez le véto, une piqûre et adieu. Il aurait été malheureux ailleurs.

– Mais c'est pas possible ! T'as pas fait ça !

La gorge est nouée. Les yeux sont embués. Les idées s'embrouillent. Ça recommence. Il recommence. Il félicite, il encourage, il amadoue, et soudain il redevient froid, perfide, excessif. William ne peut retenir ses larmes. Il court vers sa chambre. Sa mère, sincèrement désolée, tente de l'attraper par l'épaule pour le consoler. Il refuse d'un geste brusque et continue de tracer. Il revient quinze minutes plus tard, quand on l'appelle à table. Évidemment, il n'a pas faim.

– C'est con, pour une fois que tu manges pas, Wolf n'est plus là pour en profiter et bouffer les restes, remarque Patrick.

– Mais toi, ta gueule ! lui crache William, submergé par la haine.

– Eh ! Faut te calmer, l'avorton ! Tu vas pas nous chier une pendule pour un clebs !

– Patrick, n'en rajoute pas, s'il te plaît, intime Danièle.

– Ben vas-y, prends sa défense, toi ! Encourage-le à rester une fiotte et à chialer comme une gonzesse ! Heureusement que tu m'as pas gardé avec toi, sinon je vois ce que je serais devenu !

Le verre d'eau lui inonde le visage. William le repose doucement, sans quitter sa cible des yeux. Passé la surprise, Patrick se lève d'un bond pour se ruer sur son frère. Celui-ci se dresse tout aussi rapidement, mais n'esquive pas à temps un violent coup de poing dans le thorax.

Danièle pousse des cris d'orfraie. Roger, spectateur intrigué, la retient d'intervenir.

William, le souffle coupé, titube en arrière, jusqu'à s'adosser au mur du couloir. Patrick s'approche de lui, débonnaire.

– Ça va, la crevette ? T'es calmé ? T'es redescendu sur terre ?

Il ne comprend pas la réponse. Normal, c'est du japonais. *Chudan tsuki, jodan tsuki.* En VF : « un direct dans le ventre, suivi d'un en pleine face. » Sonné, Patrick reprend vite le dessus, au propre comme au figuré, en écrasant William de tout son poids, avant de le rouer de beignes infligées au hasard de sa colère.

Alarmé par tout ce raffut, Sébastien sort de sa chambre et braille, effrayé. Roger siffle la fin de la récré en décollant tant bien que mal Patrick de sa victime. Quand il se relève, le cadet a la lèvre fendue, l'œil tuméfié, la figure trempée de larmes et de morve. Il a surtout le cœur en écharpe et les nerfs en pelote. Il va dans la salle de bains, s'asperge d'eau, s'essuie et rejoint Sébastien, qu'il prend dans ses bras, tandis que l'enfant enroule les siens autour de son cou. On ne sait pas qui console l'autre. Ils se tiennent un bon moment ainsi, avant que William se desserre délicatement de l'étreinte. Il entend Danièle s'engueuler avec Patrick dans le salon. Il la sent clairement de son côté, mais cette maigre satisfaction ne suffit pas à le réconforter. Il ouvre le livre d'entretiens

Hitchcock-Truffaut dans lequel il cache ses économies, prend les 1 200 francs qui s'y trouvent, enfile sa parka et ses baskets, et s'éclipse discrètement, s'aidant de sa clef pour ne pas faire de bruit en fermant la porte d'entrée.

C'est sa seconde fugue.

– 18 –

Michel Serrault lui redonne le sourire, quand il conseille à Stéphane Audran, enlaidie comme jamais, de se laisser pousser une frange « jusque-là », descendant sa main jusqu'au menton. William savoure les mots de Michel Audiard et se repaît du ton à la fois cynique, sombre et mélancolique du film de Claude Miller, *Mortelle randonnée.* Il s'est engouffré dans une salle de cinéma du quartier Montparnasse. Pas question d'aller chez Patricia, cette fois. Il retournera chez lui quand il le décidera. Pas ce soir, c'est sûr. Il ignore où il dormira après la séance, mais se sent sécurisé par ses 1 200 francs en poche. Il est à la rue, mais pas démuni. Il a de quoi manger et se débrouiller pour quelques jours. Et là, tout de suite, il voulait se vider la tête. C'est raté. Délicieusement raté.

Il croyait voir un polar. Et il se retrouve devant un drôle de drame déguisé en série noire, où un détective privé cruellement séparé de sa fille s'attache à une meurtrière cruellement privée de son père. Ce n'est plus du hasard, c'est de l'acharnement thérapeutique. Il n'en sort pas guéri, mais calmé. Moins seul. Il n'y a donc pas que lui qui est taraudé par cette quête du père, par ce besoin viscéral du rapport filial. Il n'est pas plus faible qu'un autre. Il n'est pas anormal. Il est juste triste.

L'idée de dormir à l'hôtel est exclue. Il a plus de dix-sept ans mais n'en fait pas encore dix-huit. Le patron de l'établissement ne manquerait pas d'alerter la police. Il retourne du côté d'Ivry, à Vitry plus exactement, et se blottit sur le banc de l'abri voyageurs sur le quai de la gare. Celle-ci est à quelques mètres de son lycée et, au petit matin, il attendra ses anciens camarades à l'entrée de l'école. La nuit est longue et froide. Il arrive malgré tout à dormir quelques heures, régulièrement réveillé par le vacarme d'un train de marchandises ou par l'angoisse d'être surpris.

Il n'a jamais été aussi content de voir le soleil se lever. Il se précipite au café et, après avoir commandé un café allongé, une tartine et un croissant, il file aux toilettes se rafraîchir le visage. En prenant son petit déjeuner, il imagine avec délectation l'inquiétude de ses parents. Surtout celle de sa mère, car il ne doute pas que Roger s'apprête à foncer chez Patricia, sûr d'y trouver à nouveau le fugueur. Après quoi, il appellera Carmen, Josy, peut-être même Amalia… Et quand il aura exploré toutes les pistes et qu'il ne saura plus où chercher, là, il commencera à s'inquiéter.

– Mais qu'est-ce que tu fais là ? s'étonne Étienne devant l'entrée du lycée.

– J'avais envie de vous voir, vous me manquez trop, répond William à son ami, qui est accompagné de Nathalie et de son frère Dominique.

Il a connu ces deux derniers en seconde. Comme lui, ses trois amis ont bien changé et sont presque devenus des adultes. Nathalie, toujours aussi exubérante, est maquillée comme une voiture volée. Dominique, autrefois batteur dans un groupe de hard-rock, a adopté un look beaucoup plus emprunté. Quant à Étienne, il a développé une carrure imposante à force d'exercices physiques réguliers.

– T'es devenu sportif, toi, remarque William.

– T'as vu ça ? Je peux te dire qu'avec les filles, c'est une autre histoire, maintenant !

– Et mon frère, tu le trouves comment en bureaucrate ? demande Nathalie en rigolant.

– C'est vrai que tu fais plus du tout rebelle, toi, constate William.

– Oh ! C'est bon, ils se foutent tous assez de ma gueule, tu vas pas t'y mettre.

– Vas-y, dis-lui pourquoi ! continue Nathalie.

– C'est bon, on s'en fout ! rétorque Dominique.

– Il veut suivre les traces de notre père ! lâche Nathalie.

– Mais non ? s'exclame William. Tu veux être flic ?!

– Pas simple flic, se défend Dominique. Je vais faire des études juridiques, passer des concours et tenter de devenir inspecteur. Ça va ! C'est pas une honte non plus !

– Non, j'ai pas dit ça, le rassure William. Sauf que là, si ça se trouve, je suis recherché par tes futurs collègues. En tout cas, ça devrait pas tarder.

Les trois le regardent, stupéfaits.

– Rien de grave, c'est bon ! J'ai tué personne. Je me suis juste cassé de chez moi.

– Pour de bon ? s'inquiète Étienne. Mais tu crèches où ?

– Nulle part. Je me suis barré hier soir. Je vais traîner un peu, je les laisse mariner et je finirai par rentrer. Ou pas !

– Ah ouais, c'est chaud ! souffle Dominique.

– On t'aurait bien hébergé, ajoute Nathalie. Mais un fugueur dans une maison de poulagas – ou aspirant poulaga –, ça la foutrait mal !

– Non mais, arrêtez ! Je suis pas venu là pour ça. J'avais juste envie de vous revoir.

– Ouais, sauf que là, faut qu'on aille en cours. C'est chiant. On peut même pas rester avec toi.

– C'est pas grave, je le savais. On se reverra plus tard, tranquillement. Allez, filez !

– Tu vas où, là, tout de suite ?

– Me balader. Et sans doute aller au ciné.

– C'est toujours ton kif, hein, le cinéma ! s'amuse Dominique. Fais-en ton métier si t'aimes tant ça !

Il adorerait, oui. Mais il ne sait pas bien comment y parvenir. Alors, en attendant, il bouffe de la pellicule au kilomètre. Et il se délecte par avance d'avoir la journée pour s'adonner à sa gourmandise. Il commence par un gros morceau, *Gandhi*. Trois heures de film ! Il ressort bouleversé par l'histoire de cet homme dont il ne connaissait que le nom. Il avale un sandwich avant de s'enfermer à nouveau. Pour une comédie cette fois, *Y a-t-il enfin un pilote dans l'avion ?*, suite d'une parodie à succès. Il rit aux éclats et se tape littéralement sur les cuisses. Le monde extérieur n'existe plus. Les Carbonnier ont disparu. Ses traumas se sont volatilisés. « Quand on aime la vie, on va au cinéma », selon François Truffaut. Quand on n'aime pas la sienne, on y va encore plus. Et dans le cas de William, on y reste.

« Permanent de 14 heures à minuit. » C'est écrit sur tous les panneaux horaires en bas des affiches. Alors il enchaîne la séance suivante, et celle d'après, calé au chaud dans son fauteuil, avalant Chocoletti et bonbons Kréma.

À minuit, bien obligé de sortir, il est un peu barbouillé. Il respire l'air frais à pleins poumons et fait une marche digestive. Il ne sait pas bien où il va et la promenade s'apparente à une errance. Ses pas le mènent sur les grands boulevards, où l'activité s'amenuise inexorablement. À l'angle de la rue du Faubourg-Montmartre, il aperçoit un attroupement à quelques mètres. Des oiseaux de nuit piaillent devant l'entrée du Palace. William s'approche timidement, intrigué par l'accoutrement de cette faune. Sont-ils chics ou déguisés ? Un jeune dandy en redingote et haut-de-forme lui pose la main sur l'épaule.

– Envie de rentrer ? lui demande-t-il avec une voix de stentor.

– Non… Enfin, je ne sais pas. De toute façon, je ne crois pas être habillé pour.

– On s'en fout de comment t'es habillé. Ce qui importe, c'est comment tu es habillé là, répond l'énergumène en lui touchant le front de l'index.

– Jenny, laisse-nous passer ! hurle-t-il à une femme au look chargé comme un tableau de pop art.

– Jipé ! s'exclame-t-elle, ravie. Viens !

– Bonjour, madame, dit doucement William, une fois devant elle.

– Madame ?! Mais où est-ce que t'es allé le pêcher, celui-là ? demande la physio.

– Il avait l'air perdu et j'ai pensé qu'il serait mieux ici qu'à traîner dehors, explique Jipé. C'est mon invité du soir !

– Allez, circule avec ton invité ! C'est la folie, là !

– Comme toujours, et c'est ce qu'on aime, conclut l'élégant.

À l'intérieur, William se sent l'âme d'un explorateur au cœur d'une jungle. Tous les gens qu'il croise, ou plutôt qui le bousculent tant la foule est compacte, sont à ses yeux autant d'indigènes d'une espèce inconnue. Après deux gins tonic offerts par Jipé, il s'écroule sur un coin de banquette. Son hôte, accaparé par des dizaines d'amis, ne lui demande rien. Il papillonne, s'esclaffe, boit, danse…

– Hey ! Il est temps de rentrer chez toi, là !

Un grand échalas secoue gentiment William, qui s'est endormi comme une masse. La bouche pâteuse et les yeux embrumés, le fugueur se réveille dans une salle quasiment vide.

– Il est quelle heure ?

– 6 heures.

– Ah ! Et vous avez vu Jipé ?

– Y a longtemps qu'il est parti, Jipé. Allez, hop ! Dehors !

Sur le trottoir, William, hagard, se dirige vers un café. En payant, il trouve dans sa poche un papier sur lequel Jipé a laissé son numéro de téléphone. Le garçon sourit, heureux de ne pas avoir rêvé et de s'être fait, peut-être, un ami hors du commun. L'odeur de sa transpiration et ses fringues froissées lui rappellent néanmoins sa situation. Il pourrait appeler Jipé, mais à son sens, ce serait déplacé. Il ne veut pas brûler bêtement cette cartouche. Non. Il n'a d'autre choix que rentrer à la maison. Et puis il est déterminé à affronter ses parents une fois pour toutes.

Dans un souci de bonne ambiance, il a trouvé judicieux de rapporter des croissants. Sébastien dort encore. Danièle et Roger, eux, prennent leur café en silence dans la cuisine.

– Tenez, c'est pour vous, leur dit simplement William en tendant le sachet de viennoiseries.

Le visage de Danièle s'illumine. Elle le serre contre elle comme jamais auparavant.

– Tu nous as fait une de ces peurs, lui souffle-t-elle à l'oreille.

– Va falloir qu'on parle, annonce calmement Roger.

– Je suis bien d'accord, réplique William. C'est pour cela que je suis rentré.

– T'es rentré parce que tu n'avais nulle part où aller, oui.

– Ah ! Ne commencez pas ! se plaint Danièle.

– Je reviens, esquive William.

Une douche plus tard, il s'assoit sur une chaise et fait face à Roger, engoncé dans le divan du salon.

– Je partirai le jour de mes dix-huit ans, lui promet-il, affable mais résolu.

– Si tu veux. La porte te sera grande ouverte. Mais sache aussi qu'elle le sera dans l'autre sens. Tu peux rester autant que tu veux ou revenir quand tu le désires. À condition, bien entendu, de respecter mes règles.

– Justement, je n'en veux plus, de tes règles. Donc, à dix-huit ans, tu me donneras ce que tu me dois, et je partirai.

– Ce que je te dois ?

– Ben oui ! Avec presque deux ans de salaire, j'aurai de quoi voir venir.

– Deux ans de salaire auxquels je soustrairai ce que je t'ai donné.

– 100 francs par semaine la première année, 150 depuis septembre dernier, ça va, il en reste pas mal.

– Oui, il y a ces avances, mais il y a aussi tout ce que je te donne depuis que tu es né !

– Pardon ?

– Ben oui ! Qu'est-ce que tu crois ? Rien n'est gratuit en ce bas monde. Et si je compte Amalia, tes fringues, la bouffe, ton argent de poche et tout le reste, je pense qu'on dépasse largement deux ans de salaire.

– Tu es en train de me dire que je travaille pour rien depuis deux ans ?

– Pas pour rien : tu es nourri, logé, blanchi. Simplement, tout ce que tu as est à moi. La seule chose que tu pourras emporter en partant, ce sont tes habits. Je te les offre.

– Et mes disques ? Mes livres ? Mes affiches ?

– Ah ! Je crains fort que ça ne reste là.

William refuse de s'énerver. De toute façon, il en est incapable. Il est tellement sidéré par ce qu'il entend qu'il est démuni comme jamais. Et pour le coup, au propre comme au figuré.

– Dans ce cas, réagit-il après une minute de réflexion qui en paraît dix, je ne bosse plus pour toi.

– Et tu fais quoi ?

– Je cherche un autre boulot dès aujourd'hui.

– Si tu veux. Mais si, à la fin de la semaine, tu n'as rien trouvé, tu reprends ta place avec Daniel. Tu crois quand même pas que tu vas te la couler douce !

– Marché conclu.

Il ne faudra pas plus de vingt-quatre heures à William pour dénicher un emploi. Dès le lendemain matin, aux aurores, il répond à une annonce.

« Ch. Vendeur fruits-légumes. Exp. souhaitée. »

Les Quatre Saisons sont un cours des halles d'un certain standing situé près de la porte d'Auteuil. Les produits sont disposés sur des étals en bois verni et soigneusement éclairés. Le patron, Philippe Larcier, accueille froidement William, peu convaincu par le jeune âge de ce commis. Il lui accorde néanmoins un essai. Qu'il se présente le lendemain à 7 heures et on verra ce que vaut ce blanc-bec.

Quand Larcier débarque, à 8 h 30, l'étalage est flamboyant. Circonspect, il demande à son responsable, qui tient la boutique avec sa femme, s'ils l'ont aidé d'une quelconque manière.

– Non, on n'a fait que le regarder. Apparemment, il connaît le métier.

William, le sourire d'une oreille à l'autre, serre fermement la main de son nouvel employeur.

Dans trois mois, une semaine et quatre jours, il pourra fièrement claquer la porte de chez lui.

Être libre, enfin.

Comme si une emprise se limitait à un chambranle…

– 19 –

Deux pulls en coton. L'un à col roulé, l'autre en V, et tous les deux avec des motifs géométriques qui piquent les yeux. C'est laid, mais c'est la mode. D'ailleurs, William les trouve à son goût – qu'il n'a jamais eu très sûr en matière de vêtements. Pour ses dix-huit ans, il s'attendait à un cadeau un peu plus original, mais la quille, c'est demain matin, et sa bonne humeur a raison de toute réserve ou déception.

– On a pensé à te faire un cadeau que tu pourrais emporter avec toi, souligne Roger, toujours délicat…

William opine du chef en souriant. Rien n'entamera son allégresse. Ce soir, la perfidie de Roger n'a aucune prise sur lui. C'est fini. Les bougies sont soufflées, une nuit de sommeil, et basta ! Il a d'ores et déjà préparé ses affaires dans un grand sac qu'il a acheté. Et il a réussi à subtiliser quelques disques et une dizaine de livres qu'il a discrètement emportés un à un à son travail, pour les confier à Étienne.

Vu de l'extérieur, c'est une heureuse soirée familiale comme il s'en déroule quand on fête un anniversaire. Sébastien, à quatre pattes sur la moquette, gère le trafic de voitures dans son garage. Danièle, Roger et William dégustent leur part de forêt-noire accompagnée d'une coupe de champagne. Une image digne d'un calendrier des PTT. Ce n'est pas une photo, mais bien un cliché. Au-delà de l'émulsion des stéréotypes, il y a la réalité. Celle des Carbonnier est encore floue, brouillée par une vérité qui, comme promis, devrait être révélée incessamment sous peu. Maintenant.

– Je t'avais dit que je t'avouerais une chose importante le jour de tes dix-huit ans, annonce Roger. Tu te souviens ?

– Oui, répond sobrement William.

– Alors voilà, tu avais sûrement un doute, et je te le confirme : je ne suis pas ton père.

– Oui, je m'en doutais, corrobore William, moins intéressé par cette révélation en mousse que par la suite de la conversation.

Danièle, assise sur le canapé, fuit son regard, préférant observer en souriant Sébastien, tout à son parc automobile.

– Ta mère n'a pas eu une enfance facile et elle est partie très tôt de chez elle, continue Roger. Elle est tombée enceinte et je l'ai rencontrée à ta naissance. Ton père étant aux abonnés absents, j'ai choisi de m'occuper de toi et de te donner un nom. Le mien. Et ça, c'est un vrai cadeau. Le plus beau que j'aie pu te faire. Ça n'a pas de prix et pourtant, tu remarqueras que je ne te demande pas de me dédommager. Un cadeau, je te dis !

« Monsieur est trop bon », se dit William, qui pose la question qui fâche :

– Et je peux savoir qui est ce père aux abonnés absents ?

Danièle lève enfin les yeux et ne sourit plus. Elle demeure silencieuse, la mine couverte par un voile de désespoir et de repentance.

– Cela n'a aucune importance, crois-moi. Ta mère elle-même ne le sait pas.

« Mais comment c'est possible, ça ? » a envie de rétorquer William. Mais il se mord les lèvres quand il remarque la tonne de culpabilité qui écrase sa mère. Il ne veut pas l'acculer, la mettre plus mal qu'elle ne semble l'être. En refusant d'insister, il la gracie. Il aura bien le temps de trouver une occasion d'en reparler seul avec elle.

Reconnaissante, elle attend son fils dans le couloir à 6 h 30 le lendemain, avant qu'il ne s'en aille bosser et, donc, ne s'envole du nid pour de bon.

– Tu es sûr de ne pas vouloir attendre un peu ? Le temps de trouver un studio ? Je ne sais même pas où tu vas dormir ce soir…

– Ne t'inquiète pas. Un copain m'héberge. Tout va bien.

Elle le serre contre elle tendrement. C'est la deuxième fois en moins de quatre mois. William savoure ce moment. Rien que pour cela, il ne regrette pas de l'avoir laissée tranquille la veille. Pour une pareille marque d'affection, il est prêt à endurer toutes les frustrations.

Il s'en va pleinement heureux.

Il a menti. Ce soir, il n'ira pas chez Étienne, mais à l'hôtel. Une chambre modeste qu'il a louée pour une semaine. Après, il ira sans doute chez Patricia, qui lui a proposé de l'héberger un temps. Et tous les soirs, il ira au cinéma. Et chaque dimanche après-midi. Et chaque midi même, si la durée du film correspond à sa pause déjeuner. Dans le métro, au café, sur son lit, il noircit des blocs Rhodia de critiques sur les longs-métrages qu'il a vus. Il ne lit quasiment plus de romans, accaparé par les revues spécialisées qu'il épluche scrupuleusement. *Première*, mais également *Positif* et *Les Cahiers du cinéma* – qu'il juge trop élitistes –, *La Revue du cinéma,* qu'il apprécie… *Starfix* surtout, dont l'insolence du ton passionné donne des ailes à sa plume. Il ne veut pas forcément devenir journaliste, mais il pense que c'est le meilleur moyen d'approcher ce milieu qui le fascine. Et puis il a vu *Les Quatre Cents Coups* de François Truffaut. Pensez donc ! L'histoire d'un gamin en souffrance nié par sa mère et qui ne connaît pas son père… Il ne pouvait que craquer. Depuis, il ne jure que par François Truffaut, autodidacte entré dans le cinéma par effraction avec des textes mémorables publiés dans les *Cahiers du cinéma.*

Il a déniché une chambre de bonne à trois stations de métro de son boulot. Un meublé. Neuf mètres carrés, toilettes sur le palier… Ce n'est pas du luxe. Mais c'est chez lui. Il s'achète une chaîne stéréo, reconstitue son stock de disques et de livres, dépense sans (trop) compter… Larcier ne le paye pourtant pas grassement. Le secret de William, c'est la « défense ». Rien de bien méchant. Chaque jour, il ponctionne 100 francs dans la caisse, faisant toujours attention à ne pas laisser de traces. Une addition de 32 francs ? Il tape 12 francs et garde les vingt restants. Oui, c'est du vol. Mais le coquin aménage des petits arrangements personnels avec sa conscience. Il n'escroque pas son employeur, il se venge.

Larcier possède une charcuterie à quelques mètres du cours des halles. Autant c'est une épée pour le jambon et le pâté en croûte, autant c'est une truffe pour le pot-au-feu et la ratatouille. Il a acquis les murs du primeur sans rien connaître aux fruits et légumes, dans le seul but d'être le boss de sa rue. Il vise même le bail de la brasserie d'à côté, mais l'affaire est loin d'être conclue. Son épouse, chargée de tenir sa boutique de saucisses, le craint et lui obéit au doigt et à l'œil. Le magasin des poireaux-pommes de terre est désormais confié à un quadragénaire usé par l'alcool, choisi au débotté quand le couple, qui s'en occupait auparavant, présent lors de l'embauche de William, est parti sans préavis pour ouvrir son propre commerce – sans doute fort d'une « défense » pratiquée sans modération…

À ce stade, Larcier ne passerait que pour un quelconque ambitieux grugé par des salariés malhonnêtes. Sauf que. William remarque chez son patron un comportement odieux avec sa femme et son neveu qu'il exploite sans vergogne. Il note également que l'homme plastronne en Alpine Renault, avec laquelle il se rend régulièrement en Italie, où il détiendrait des parts dans une boîte de nuit. Larcier est assoiffé de pouvoir et d'argent, ne supporte aucune contradiction, émet des opinions aussi rances que tranchées… Larcier rime avec Carbonnier, et William y voit un exutoire inespéré. Tout en améliorant considérablement son ordinaire, le garçon va manipuler un manipulateur. L'utile et l'agréable.

Comble de ce plaisir coupable : Roger va muscler la filouterie ! Car William rend visite à ses parents une fois par semaine. D'une part parce que Sébastien lui manque. D'autre part parce qu'il ne résiste pas à la satisfaction d'afficher une décontraction financière, les bras toujours chargés de fleurs pour sa mère, de jouets pour son petit frère et même de cigares et de bons vins pour son père – ou assimilé. Ce dernier, intrigué par toutes ces largesses, s'enquiert de la combine de son fils pour vivre ainsi au-dessus de ses moyens. Ravi du vif intérêt qu'il suscite et se sentant enfin sur un pied d'égalité, William explique ses magouilles comptables.

– Tu peux prendre cinq fois plus ! lui assure son père.

– T'es fou ! Il va s'en apercevoir.

– Jamais de la vie. Si ce que tu me dis est juste, il n'y a aucun problème. Il ne connaît rien à la comptabilité d'un cours des halles. Or, entre les rebuts et les produits abîmés, il peut y avoir jusqu'à 500 francs de perte quotidienne. Le différentiel est invisible dans un bilan, surtout si tu gonfles un peu les prix à la balance pour amortir la recette. Je sais de quoi je parle, j'en ai suffisamment profité !

William boit du petit-lait. Il se délecte de cette confiance et de cette complicité. Il en oublierait presque ces années d'oppression et d'humiliation. Il écoute religieusement ce mentor de l'arnaque dont les connaissances vont lui permettre de s'enrichir. À tel point qu'il n'ose plus déposer ses espèces à la banque, par peur d'éveiller les soupçons. Si on venait à lui demander d'où sortent ces liquidités, il serait bien embarrassé. Alors que, évidemment, son banquier s'en fout comme de l'an 1000. Le préposé à son compte se nomme François Boidin. Le bonhomme serait anecdotique s'il n'éprouvait pas une certaine fascination pour ce jeune homme plein de fougue et d'entrain qui lui fait régulièrement part de ses rêves et de ses passions. D'habitude, ses clients entretiennent avec lui un rapport dénué de chaleur et de confidences. William lui, n'a pas l'air de le voir comme un bureaucrate, mais comme un affidé.

Conforté par un portefeuille en permanence bourré à craquer, le nouveau presque riche invite régulièrement Étienne et les autres au restaurant et au cinéma, écume les boîtes de nuit, papillonne de fille en fille… Bref, il mène une vie de patachon, à l'exception d'un week-end par mois qu'il consacre à Amalia. Tabor est au plus mal, hospitalisé depuis plusieurs semaines. Son ex-nounou prend la chose avec philosophie, presque soulagée de ne plus devoir s'occuper de son mari qui devenait une charge insoutenable. Elle est parfois en proie aux affres de la solitude, mais elle n'en souffre pas trop. Patricia et Michel viennent souvent la voir. Et elle constate avec bonheur que William ne l'a pas oubliée. En revanche, quand celui-ci revient à la charge pour en savoir plus sur ses origines, elle s'assombrit quelque peu et se referme comme une huître.

– Tu connais l'essentiel. Le reste n'a aucune importance. Et surtout, ce n'est pas à moi de te le dire.

– Mais à qui, alors ?

– À ta mère, bien sûr. Cela ne regarde qu'elle et toi.

– Mais elle me rembarre systématiquement quand j'aborde le sujet.

– Un jour viendra, sois patient. Et si ce jour ne vient jamais, ce n'est pas grave. Encore une fois, mon chéri, tu connais le plus important. Qu'est-ce que ça peut faire de savoir qui est ton géniteur ? Ça ne changerait rien. Peut-être même que ça te ferait du mal.

L'image de Didier, un auteur en herbe croisé lors d'une de ses folles bamboches, s'impose alors à l'esprit de William. Ou plutôt une citation de celui-ci qui a durablement marqué le jeune homme : « Ce sont les questions qui font avancer le monde. Les réponses ne servent qu'à mieux le détruire. »

Quand il y repense, William se dit qu'à quelque chose malheur est bon. Ce qui est détruit se reconstruit. Et comme il n'a pas le sentiment de s'être seulement construit, il ne voit pas où est le problème.

Il est comme un enfant qui n'a pas conscience du danger tant qu'il ne s'est pas blessé.

Lui ne peut être démoli par la vérité tant qu'il vit dans le mensonge.

– 20 –

Toutes les bonnes choses ont une fin. Surtout les meilleures. Et William se doutait bien qu'aux Quatre Saisons, finirait par arriver un jour celle du gel financier. Un nouveau responsable, Thierry, la trentaine alerte, a été nommé et Larcier, dans la foulée, a engagé une caissière, Carène. La faute au prédécesseur qui, en plus d'être un pochtron, était un imbécile. Comme le jeune commis, il démultipliait outrageusement son salaire, mais sans toujours se soucier de la correspondance de la recette avec le chiffre annoncé par la caisse enregistreuse. Déjà irrité par ces différentiels à répétition et pour le moins assez louches, Larcier se demanda si le mec, qui pleurait pour une avance il y a encore deux mois, ne le prenait pas carrément pour un con quand il gara devant le magasin une 205 GTI flambant neuve. Dans le genre discret… Le boss vira le maladroit sans ménagements, lequel partit sans demander son reste, à la fois peu rassuré par son employeur et satisfait de cet intérim fructueux.

William n'a rien à craindre. Poli, zélé juste ce qu'il faut, disert avec la clientèle, il a la confiance de Larcier. Mais celui-ci ne veut plus prendre de risque et préfère payer un salaire de plus qu'engraisser une autre fripouille. Un coup dur pour le jeune commis qui a pris goût à l'argent facile. Il ourdit alors un plan dont il sait que Roger serait fier : entrer dans les bonnes grâces de Carène, la séduire, l'éloigner par instants du tiroir-caisse, s'y servir sans vergogne, et la faire virer.

La première partie du plan fonctionne à merveille. La demoiselle, du même âge que William mais déjà maman d'un petit garçon de dix-huit mois, sort d'une histoire d'amour douloureuse – comme souvent quand elles se terminent. Elle n'est pas insensible à la gentillesse de son collègue, accepte volontiers de l'accompagner au cinéma, de dîner avec lui… Rien de très original, si ce n'est que Thierry se joint toujours à eux. Ce n'est pas un ménage à trois. Juste trois amis qui s'entendent comme larrons en foire – et de fait, ils la font, la foire. Ils deviennent inséparables, jusqu'à parfois arriver ensemble au cours des halles après une nuit blanche conclue généralement par une bonne bouffe au Pub Saint Germain ou au Pied de Cochon.

Du coup, la deuxième partie du plan de William prend une autre tournure. Les années passées avec Amalia ont eu plus d'influence sur lui que celles subies aux côtés de Roger. Le garçon se rêvait redoutable et machiavélique, il s'avère en réalité chaleureux et sentimental. On ne peut même pas dire qu'il soit pris à son propre piège. Quand Carène, un soir qu'ils sont enfin seuls, l'embrasse langoureusement pour lui dire au revoir, il est sur un nuage et balaie d'un coup de foudre ses idées fourbes. D'autant que son amoureuse (car ces deux-là s'aiment, c'est sûr) s'absente de sa caisse pour un oui ou pour un non, laissant le champ libre à William. Les affaires reprennent, tandis que celles de Larcier périclitent. C'est que le parvenu n'est pas victime d'un coquin, mais de trois !

Chacun se paye allègrement sur le dos de la bête dans une joyeuse complicité. Et les clientes de ce quartier huppé prennent cher, elles aussi. L'arnaque à la balance démarre dès le matin et s'organise comme un concours : ce sera à qui gonflera le plus les prix. Le personnel de maison, peu regardant sur l'addition, n'en souffre pas trop car c'est une clientèle du matin. Mais malheur aux bourgeoises emperlousées qui passent en fin de journée ! Les carottes tournent alors autour de 30 francs le kilo et l'ananas est devenu un produit de luxe…

– Thierry, j'ai un souci, se confie Larcier, après cinq mois d'hémorragie.

– Oui ?

– C'est à propos de William.

– Quoi William ?

– Je crois qu'il pique dans la caisse.

– Mais non ?! s'exclame l'autre avec une sincérité digne d'un deuxième année du Cours Florent.

– Si. J'ai voulu vérifier tout à l'heure. Carène était partie aux toilettes, il a encaissé une cliente, je suis passé derrière, et j'ai remarqué qu'il manquait 10 francs.

Thierry tourne la tête et se mord les lèvres pour réprimer un fou-rire.

– Nooooon ? finit-il par lâcher avec un étonnement prononcé, tout juste digne cette fois d'un première année du Cours Florent.

– Si. Je vais devoir m'en séparer. Vous connaissez le proverbe : qui vole un œuf…

Il y a longtemps que William est passé au bœuf et, quand il apprend les intentions de Larcier, il vise carrément le troupeau et la ferme. Tandis que son patron lui interdit tout accès à l'argent et lui aménage des plannings aux horaires infernaux afin de le dégoûter, le garçon se rapproche de madame Larcier. Il a compris que cette dernière, à bout, aimerait refaire sa vie. Or, il a remarqué que tout est au nom de la malheureuse. Il fait part de la situation à Roger, lui promettant qu'il n'y a qu'à se baisser pour rafler la mise. Il l'incite à reprendre les baux de la mère Larcier à moindre coût, et se voit déjà gérant du cours des halles – et pour la charcuterie, on trouvera bien quelqu'un. Roger adore l'idée et félicite la sournoise ambition de son fils.

Mais le rendez-vous entre les comploteurs tourne court. Pire, il n'a pas le temps d'avoir lieu. Larcier, pas complètement idiot, a remarqué l'anormale nervosité de sa femme et la surveille. Quand il la voit sortir de la charcuterie avec William, il les rattrape et leur barre la route.

– Vous allez où ?

– On va… prendre un café, bredouille l'épouse, terrorisée.

– Prenez-moi pour un abruti, tous les deux ! Je ne sais pas ce que vous magouillez, mais toi, tu retournes au boulot. Et vous, Carbonnier, vous rentrez chez vous.

– Ben non, je reprends dans une heure, je n'aurai pas le temps.

– Vous foutez pas de moi ! Vous êtes viré, Carbonnier ! Vous êtes un voleur et un menteur.

– Mais d'où vous m'accusez ?! Vous n'avez pas le droit !

– Eh bien, je le prends, le droit. Dégagez de ma rue ou vous allez savoir ce que c'est qu'avoir des emmerdes.

Et lui saura ce qu'est un emmerdeur.

William, fort de l'argent amassé, prend un avocat qui colle illico un référé à Larcier pour licenciement abusif. Indemnités, dommages, intérêts. Et, *de facto*, interdiction de séjour dans le quartier de la porte d'Auteuil, sous peine de se faire démonter par un Larcier très, très énervé. Carène en fait les frais, rapidement débarquée elle aussi. Et installée chez William avec son fils, Loïc, deux ans maintenant.

C'est la vie de bohème. Deux adultes et un enfant en bas âge dans une chambre de bonne. Ils s'en moquent. Ils s'aiment et, avec leurs économies, font des plans sur la comète. Ils veulent se lancer sur les marchés. Pour cela, William doit passer le permis de conduire. Qu'il rate une fois. Puis deux. Les semaines passent. Puis les mois. Au fil desquels ils sortent, s'amusent, dépensent, confiant Loïc aux parents ou grands-parents de Carène. Le couple vit l'insouciance et l'inconséquence de leur jeune âge, celui de tous les possibles et de toutes les promesses.

Roger les rappelle à l'ordre. En douceur. En présence de Carène, il se montre engageant, adroit, charmant. On pourrait croire qu'il drague sa bru, mais William ne peut envisager une telle aberration. Son père a de l'obligeance, et c'est heureux. D'ailleurs, il met en garde les tourtereaux sur la précarité de leur situation. Ils devraient se remuer un peu s'ils ne veulent pas se retrouver en carafe. On ne peut lui donner tort. William apprécie ces admonitions paternelles. Les harangues fraternelles lui mettent en revanche les abeilles. Car Patrick n'a pas changé. Ou plutôt, si. En pire. Il travaille moins avec Roger et plus avec ses potes. Véreux, les potes. Suspects. Présumés coupables. Patrick a changé de braquet. Option braquage. Carrément. À l'entendre se vanter, on l'imagine cagoulé, un calibre à la main. La vérité est moins impressionnante : il fait le guet devant de toutes petites succursales bancaires faciles à dévaliser.

– Tu te crois arrivé parce que t'as mis quelques milliers de boules de côté ? Tu vois vraiment petit, dit-il, méprisant, à son demi-frère.

– Parce que tu vois grand, toi, peut-être ?

– Ah ! Vous n'allez pas commencer tous les deux, hein ! s'énerve Roger.

– Je ne commence rien, moi, se défend William. C'est lui qui se la joue Roger Sartet quand il n'est que Mickey !

Tête de Patrick, qui ne voit pas comment il pourrait se prendre pour ce Roger Sartet qu'il ne connaît pas, et plus décontenancé que furieux d'être traité de souris…

– T'as complètement craqué de la tête, dit-il d'un air sincèrement désolé.

William va pour lui répondre, lui expliquer que Roger Sartet, joué par Alain Delon, est le mauvais gars flamboyant du *Clan des Siciliens*, et que Mickey, joué par Gérard Depardieu, est le voyou incontrôlable du *Choix des armes*… Mais il abandonne, se tait, désabusé. La discussion est impossible. Le combat est vain.

– Tu veux encore un peu de café, propose Danièle à Carène.

– Non, merci.

– De toute façon, on va bouger, dit Roger. Je vous emmène boire un verre.

– Sans moi, répond Patrick. J'ai rendez-vous avec une bombe.

– Tu peux pas la voir demain ? insiste Roger.

– Demain, je l'aurai déjà oubliée et je serai passé à une autre.

– C'est charmant, commente Danièle. Tu peux pas trouver une gentille petite femme, comme William avec Carène ?

– Et pourquoi tu veux que je me contente d'une quand je peux en avoir des tonnes ? Allez ! J'y vais !

William, soulagé du départ de ce bourrin encombrant, se fait une joie de sortir avec son père et

Carène. C'est la première fois que Roger l'invite ainsi. Danièle, tenant un Sébastien endormi dans ses bras, leur sourit avec mansuétude. Cette entente la comble de joie. Et si, lentement mais sûrement, le passé pouvait être gommé, pardonné, oublié ?

– Amusez-vous bien, leur dit Danièle, sereine.

Quand Roger a parlé de boîte de nuit, Carène et William imaginaient autre chose. Tout au moins, une autre ambiance. Le volume sonore de la musique est étrangement bas et la lumière, tamisée près du bar, s'amenuise au fur et à mesure qu'on s'enfonce dans l'établissement, labyrinthe d'alcôves plongées dans la pénombre. Une fois habitué à l'obscurité, le couple finit par distinguer des silhouettes. Elles bougent, mais pas pour danser. Des gémissements confirment les doutes de Carène et William, qui reviennent dare-dare à leur table, près du comptoir.

– Alors ? Vous avez fait un tour ? leur demande Roger, goguenard.

– Mais c'est quoi, cette boîte ? s'étonne William, ne sachant trop comment réagir.

– Un endroit où on peut boire un verre et s'amuser. Vous n'avez pas envie de vous amuser ?

– Le mieux, c'est en bas. Il y a des douches. Venez, je vous y emmène, propose Hippolyte, le maître des lieux et, de toute évidence, un ami de Roger.

– Euh ! Non, merci, ça ira, refuse poliment William.

– Oh ! Sois pas si coincé, lui dit Roger. Pour une fois qu'on est ensemble, tranquilles.

– On pouvait être tranquille ailleurs. Là, c'est une boîte à partouze !

En prononçant clairement la dénomination de l'établissement, William réalise un peu plus l'incongruité de la situation. Son père, en détente, a laissé sa mère à la maison pour les emmener, sa fiancée et lui, dans un club échangiste. Il hésite entre s'offusquer et éclater de rire.

– Tu crois quand même pas que Carène et moi allons nous désaper et baiser devant tout le monde ?

– Ah ! Mais rien ne vous oblige à faire l'amour, précise Hippolyte. Vous pouvez être là en observateurs. Après, vous verrez bien. Si ça vous émoustille, vous faites ce que vous voulez.

– J'ai du mal à croire ce que j'entends ! souffle Carène à son chéri. Rassure-moi, ton père n'a pas l'intention de me sauter, quand même ?

– Évidemment que n…

Il s'interrompt et jette un coup d'œil vers Roger, dont le regard est effectivement concupiscent. William n'a plus du tout envie de rire.

– On va y aller, dit-il simplement.
– Vous rentrez en taxi, alors, prévient Roger. Moi, je reste prendre un verre.
– Pas de problème. On s'appelle.

Dehors, William ose à peine regarder Carène. Il est au-delà de la gêne, au-delà de tout. Elle lui prend la main et pose sa tête sur son épaule.
– Ne t'inquiète pas, tu n'y es pour rien. Demain, on en rigolera.
– Pas sûr. Je ne le comprendrai jamais. On n'est tellement pas de la même planète.
– Heureusement, le rassure-t-elle.

Il se passera pas mal de temps avant que William ne rappelle son père. Deux bons mois, durant lesquels il a fini de craquer tout l'argent mis de côté. Il n'a plus les moyens de repasser son permis. Encore moins ceux de monter une quelconque affaire. Avec Carène, il se résout à trouver un emploi à la con. Il faut remplir le frigo, payer le loyer, subvenir aux besoins de Loïc, agir en père responsable. Car William va à son tour être papa. Carène est enceinte. Et ils sont assez inconscients pour s'en réjouir.

– 21 –

Le couvre-lit est bon pour la poubelle. Le grand-père a beau avoir installé une grande serviette de bain dessus (elle aussi, bonne à jeter), les tissus sont maculés de sang. Le placenta et le cordon ont été mis dans une bassine au pied du lit. Le nouveau-né, la peau encore pleine de liquide amniotique et de vernix caseosa, cet enduit cireux et blanchâtre censé le protéger, est collé contre Carène, qui pleure et rit en même temps. William fait un pas en arrière et s'adosse au mur du couloir, à côté de Loïc qui attend sagement sur le palier depuis trois quarts d'heure. Un accouchement est peut-être un des plus beaux moments de la vie, ça reste un peu trash pour un gamin de trois ans.

Et même à vingt, ça peut choquer. William n'a pas assisté à la naissance, mais la vision qu'il a en ouvrant la porte de sa chambre de bonne n'a rien d'une image d'Épinal. Tout à l'heure, il a appelé Carène pour prendre de ses nouvelles. Les contractions avaient commencé. Le temps qu'il rapplique en catastrophe, le grand-père de la parturiente, infirmier à la retraite, était arrivé à la rescousse. Et voilà. Louis est né en vingt minutes, ambiance Hector Malot mâtinée d'Émile Zola. Quitte à verser dans le cliché, William aurait préféré pour le coup ceux de la collection Harlequin.

Traumatisée par son premier accouchement à cause d'un obstétricien malhabile, Carène a développé une phobie des médecins et des hôpitaux. Durant sa grossesse, elle n'a consulté aucun gynécologue, promettant à William qu'elle appellerait la clinique d'à côté une fois à terme. Le futur père aurait pu, aurait dû l'obliger à aller voir un spécialiste. Mais il n'aime pas contraindre. Toute son adolescence, on est allé contre sa volonté, on a nié ses dégoûts et ses craintes. Il a choisi d'être conciliant et compréhensif. En l'occurrence, il a été laxiste.

– Vous êtes complètement tarés ! Donnez-moi cet enfant, asseyez-vous là et attendez.

L'avoinée était prévisible. Ils se sont pointés comme des fleurs à la clinique le lendemain matin. Une heure plus tard, ils ont droit à une nouvelle leçon de morale. Le bébé est en parfaite santé, mais ils ont eu du bol, qu'ils se le disent.

Même son de cloche chez les Carbonnier. Assorti de tintements matérialistes.

– C'est du grand n'importe quoi ! déplore Danièle. Vous décidez de faire un enfant comme on va acheter du pain ! Vous êtes inconscients, ou quoi ?

– Vous vous êtes mis un sacré boulet au pied, continue Roger. Vous aviez déjà un marmot, vous voilà avec deux, et vous nous annoncez ça la bouche en cœur… Vous comprendrez qu'on ne saute pas de joie.

Car les jeunes parents, qui ne voulaient justement pas entendre de sermons, ont gardé le secret tout le temps de la grossesse. La seule personne tenue au courant fut Amalia. Cela faisait quatre mois que Carène était enceinte et Tabor venait d'être enterré.

On ne sait jamais quoi dire pendant des obsèques. Que des formules toutes faites, des condoléances sincères, mais au réconfort aussi efficace que du Mercurochrome sur une jambe de bois. Alors William jugea bon d'ouvrir sa nounou sur l'avenir plutôt que de la conforter dans le passé.

– Mamtata, tu vas être grand-mère, lui dit-il après l'avoir isolée dans une chambre de la petite maison de campagne.

– C'est merveilleux, a-t-elle répondu, le visage soudainement illuminé, bouleversée par cet aveu empreint d'un amour filial.

Elle n'émit pas une réserve, ne fit aucune réflexion alarmante. Au diable, le pragmatisme ! En assumant cet enfant, William sortait d'un cercle vicieux et tenait le meilleur atout pour se libérer du joug de son père. Elle tut ces pensées et se contenta de prendre William dans ses bras, répétant :

– C'est merveilleux.

Pour l'heure, ce n'est pas non plus idyllique. Parce que deux adultes avec deux enfants en bas âge dans neuf mètres carrés, ça devient vite l'enfer. Toujours armé de son optimisme à tout crin, William espère obtenir sous peu un logement HLM. Il a déposé un dossier à la mairie de Paris qui sera, lui assure-t-on, traité dans les meilleurs délais.

– Si tu as ta carte au RPR, ça devrait aller vite, lui promet Joël, dépêché au rayon poissonnerie.

– Comment ça ?

– Tu débarques ou quoi ? Le maire de Paris, c'est Jacques Chirac, donc le RPR. Comment tu crois que ça se passe ?

– Mais arrête ! Tu vois des magouilles partout.

– Et toi, tu vis au pays des Bisounours.

C'est vrai qu'il est encore candide, William. Pourtant, son quotidien est plus que jamais ancré dans la dure réalité de la vie active. Il est magasinier dans un supermarché. Trente-neuf heures par semaine, payé au SMIC et accoutré d'une chemise à l'effigie de l'enseigne, avec un nœud papillon en tissu rouge et un tablier rayé par-dessus. Sa tenue est ridicule. Son boulot est rébarbatif. Il s'en tamponne. Tout ce qu'il voit, c'est la nouvelle perspective indiquée par Carène. Il ne s'agit pas de Louis, non. Ce bébé, c'est une motivation, pas une solution. Il avait la rage de vaincre ? Il l'aura désormais deux fois plus. Et en alliant l'utile à l'agréable avec ça ! Un peu lasse de le voir écrire ses critiques en vain, Carène lui a suggéré de les présenter à des journaux.

– Tu penses bien que j'en ai envoyé. Je n'ai jamais eu de réponse.

– Dans cc cas, tu n'as qu'à créer ton propre journal.

William adore l'idée. Il en parle à Patricia, qui lui obtient, par le biais de son travail, une vieille machine à écrire. Il pond des textes sur les films à l'affiche, se fend de billets d'humeur et d'analyses à l'emporte-pièce, tandis que Carène exécute des dessins approximatifs pour illustrer les articles de son chéri. La maquette, réalisée à grands renforts de coups de ciseaux et de collages, passe à la photocopieuse du supermarché. William embauche à 6 heures du matin et profite de l'absence des responsables pour dupliquer son fanzine en une trentaine d'exemplaires, ensuite coloriés au feutre et agrafés par Carène. Ainsi naît *Ciné Clap*, sous-titré « L'amuse-gueule des files d'attente » dans une police Letraset que les éditeurs amateurs trouvent du plus bel effet.

Ses premiers clients sont quelques collègues amusés par l'initiative. Trois. Pour écouler les vingt-sept exemplaires restants, il descend dans le métro et pratique, dans chaque wagon, la vente à la criée. L'exercice est épuisant. Pour un numéro vendu, il essuie des dizaines et des dizaines de refus. Et nombre d'humiliations diverses et variées.

– Je le prends, l'interpelle un voyageur qu'il n'avait même pas approché. C'est combien ?

– 5 francs.

– Tenez.

William sort de la rame, tout sourire.

– Attendez, lui crie l'acheteur.

Et, alors que le signal sonore annonce la fermeture des portes, l'usager de déchirer la feuille de chou pour la rendre à l'auteur. Qui saisit instinctivement les morceaux que l'autre lui tend. Assommé par tant de méchanceté, il regarde le métro s'éloigner.

Sept fois à terre, huit fois debout. Dans son cas, l'adage est à multiplier par mille. Il ne se décourage pas, s'obstine, court au cinéma en sortant du magasin, rentre chez lui écrire, et quand il ne ressort pas pour vendre son journal (qui paraît avec une régularité très relative), il s'écroule de fatigue.

À ce rythme, il ne s'occupe guère de ses problèmes de logement. Quand Carène le secoue un peu plus que d'habitude, il s'énerve et se réfugie derrière la même sempiternelle excuse.

– Qu'est-ce que j'y peux si la mairie ne nous aide pas !

La dernière fois qu'il y est allé, six mois après avoir déposé son dossier, une fonctionnaire l'a assuré du meilleur.

– Bonne nouvelle ! s'est-elle écriée. Le minimum requis pour un logement décent est de quatre mètres carrés par personne. Vous, vous êtes quatre dans un neuf mètres carrés. Vous passez donc prioritaires pour obtenir un appartement.

– C'est génial ! s'est emballé William, impatient d'annoncer cela à Carène.

– Vous n'avez plus qu'à attendre que l'on vous contacte.

– Et ce sera à peu près dans combien de temps ?

– Une petite année, je pense.

– Un an ?!

– Oui, maximum.

– Mais si on est prioritaires…

– Mais vous n'êtes pas les seuls prioritaires, cher monsieur. La liste est très longue. Armez-vous d'un peu de patience.

– Et de ma carte du RPR, c'est ça ? rétorqua-t-il, déçu.

– Qu'est-ce que vous insinuez ? s'offusqua la bureaucrate. Sortez immédiatement d'ici !

D'aucuns auraient surenchéri, William, lui, ne s'est pas senti les épaules et a craint d'aggraver son cas. Il est donc rentré penaud, provoquant la fureur de sa conjointe.

La promiscuité annihile toute intimité. La frustration encourage l'aigreur. L'animosité engendre le mépris. Et inexorablement, Carène ne supporte plus William. Louis commence à peine à marcher quand elle l'emmène, avec Loïc, dans le pavillon de banlieue de Pascal, un garçon charmant qu'elle a rencontré lors d'une de ses nombreuses sorties avec ses copines. Classique. En guise d'adieu, elle a laissé une jolie lettre sur le lit, où elle promet que William pourra voir son fils autant qu'il veut.

L'esseulé est effondré. Pas longtemps. Il envisage de reconquérir sa douce. Il va développer son journal, avoir pignon sur rue, devenir incontournable… Elle verra ce qu'elle verra ! Plus fort que les anxiolytiques : les illusions.

Et c'est donc pas du tout déprimé qu'il annonce sa séparation à ses parents.

– C'était couru d'avance, décrète Roger. Mais ce n'est pas plus mal. Te voilà à nouveau libre. Et pour arrondir tes fins de mois et t'aider à développer ton canard, j'ai un truc à te proposer.

– Arrête ! J'ai le temps de rien, entre le supermarché, le cinéma et mon petit journal…

– Ça ne te prendra pas une minute, et ça te rapportera 1 000 francs par mois.

Ainsi Roger propose-t-il à William d'ouvrir une société immobilière dont il n'aura pas à s'occuper. Sa seule contrainte sera de déposer des chèques et de retirer des espèces. Rien de bien sorcier.

– Il va t'arnaquer, le prévient Patricia. Il ne t'en a pas assez fait ? Tu ne le connais donc pas, après toutes ces années ?

– Je sais qu'il peut être pervers, mais là, ce serait trop frontal. Il n'oserait pas. Je ne vois pas en quoi il peut m'arnaquer. De toute façon, ça y est. J'ai déposé les papiers au tribunal de commerce.

– Tu ne viendras pas pleurer, hein !

Quelle idée ! William n'a aucune intention de se plaindre. Il veut bouffer le monde, s'imposer, prouver qu'il a raison contre tous.

En rangeant sa petite chambre de bonne, il a retrouvé le numéro de Jipé, son sésame pour entrer au Palace. Dans le civil, le dandy est attaché de presse. De films. Il n'y a pas de hasard ! William y voit un signe indubitable.

Jipé lui explique le fonctionnement des projections réservées aux journalistes, lui fait découvrir *Le film français*, revue d'informations professionnelles, l'introduit dans quelques soirées du landernau…

William découvre également le crédit fournisseur. Trois mois pour payer une facture. Soit. Il déniche un imprimeur conciliant et édite son fanzine, désormais plus élaboré, à 400 exemplaires. Il prend une semaine de congé au supermarché pour les écouler. Sans mal. Ambitieux, il sort le suivant à 4 000 et recrute, par petite annonce, des étudiants qui seront rémunérés à la commission. Il se met en arrêt maladie et donne rendez-vous à ses « troupes » dans le café en bas de chez lui. Une visite inopinée de l'inspection du travail lui vaut un licenciement sans préavis. Il s'en fout. Ce journal, c'est désormais toute sa vie. En plus, c'est l'été. Il a des dizaines de vendeurs sous la main. Tout va bien.

Jusqu'au jour où Roger se manifeste.

– Ça t'aide bien, mes 1 000 francs par mois, hein !

– Oui, répond William, un peu inquiet.

– À toi de me rendre un petit service.

C'était trop beau. Ne jamais relâcher sa garde. Toujours s'attendre au pire.

– Pas grand-chose, rassure-toi. Je veux juste que tu inscrives mon nom dans l'ours de ton canard. Comme directeur de la Rédaction.

– Mais tu n'écris pas !

– Je sais que je n'écris pas ! T'es agent immobilier, toi, peut-être ? Et pourtant, t'es gérant d'une société, si je ne me trompe ?

– Mais ça n'a rien à voir ! Ce journal est à moi, j'en fais ce que je veux.

– Eh non ! Là, c'est toi qui te trompes. Ce journal est à moi, car j'ai déposé le titre à l'INPI. Ça part d'un bon sentiment : je ne voulais pas que tu te le fasses piquer par n'importe qui.

– Et c'est sûr que tu n'es pas n'importe qui…

– Heureux de te l'entendre dire.

– Mais à quoi ça te sert ? Tu veux contrôler ce que j'écris ?

– Mais non ! Je m'en bats les couilles de ce que tu écris ! Je ne vais pas te mentir, ce qui m'intéresse, c'est les 30 % d'abattement fiscal auxquels les journalistes ont droit. Toi, tu t'en fous, tu ne gagnes rien. Mais moi…

– Mais toi, tu ne peux pas t'empêcher de magouiller, le coupe William, prêt à sortir les crocs comme une louve protégeant son petit. Eh bien, tu sais quoi ? Garde le titre et édite ton journal.

Moi, je vais continuer le mien, avec un autre titre. Que je déposerai, celui-là, afin de ne pas me le faire piquer par n'importe qui, ni par toi.

Roger est soufflé. Presque admiratif. Il est agacé, contrarié, mais il est cueilli par l'aplomb de ce rejeton illégitime.

William est tellement en colère qu'il ne remarque même pas le fond d'estime qu'il vient de générer – et après lequel il a cavalé toute sa vie.

Il part en claquant la porte.

Le temps où il était obligé de l'ouvrir et de la fermer calmement pendant une heure en guise de représailles est révolu.

– 22 –

Heureusement que William n'est pas cardiaque. Il serait mort sur le coup. Là, il est juste K.-O. Assis sur son lit, l'air hébété, relisant pour la dixième fois le recommandé qu'il vient d'ouvrir et répétant à haute voix le montant inscrit en gras :

– 750 000 francs !

Le courrier émane du centre des impôts, qui lui réclame très exactement 752 470 francs. Un redressement. C'est fou comme l'Administration s'emmêle les pinceaux dans les termes. Elle appelle « redressement » ce qui abat le contribuable, et « abattement » ce qui rehausse les finances de l'intéressé. Et là, par exemple, William est anéanti. Entièrement dévolu à son journal qui lui rapporte tout juste de quoi vivre, il n'est même pas inscrit à l'ANPE et touchait à peine 3 700 francs par mois quand il était magasinier. Et on lui réclame tout de go dix-sept ans de salaire !

Bon. C'est forcément une erreur. C'est toujours ce qu'on dit dans ces cas-là, non ? Si. Et puis on réfléchit. Il n'y a pas de fumée sans feu. Et William ne connaît qu'un pyromane. Qui le carbonise depuis toujours. L'heure est venue d'aller voir de quel bois il se chauffe.

Il arrive remonté comme un coucou. À peine bonjour à sa mère, un câlin rapide à Sébastien, et convocation de son père dans son ancienne chambre transformée désormais en bureau.

– Ben qu'est-ce qu'il t'arrive ? demande Roger, très intrigué par le comportement péremptoire de son fils.

– Tu peux m'expliquer ça ? lui répond William en lui tendant le commandement.

– 750 000 balles ?! 75 briques ! Mais qu'est-ce t'as foutu ?

– Qu'est-ce que *tu* as foutu ? Parce que je ne serais pas étonné que ce soit en rapport avec ta société immobilière…

– La tienne, tu veux dire. Je te rappelle que tu étais gérant. Et si, comme je te l'ai dit, tu l'as radiée dans les temps en précisant que tu n'avais jamais exercé, il ne peut pas y avoir de rapport.

– Et si je ne l'ai pas fait dans les temps ?

– Ah ben dans ce cas, tu es dans la merde.

– Tu vas me dire que parce que je n'y suis pas allé le jour où tu me l'as recommandé, mais vingt-quatre heures après, je suis niqué de 750 000 boules ?!

– Oui. Je t'avais bien…

– Arrête ! le coupe William, d'une colère froide. Je te la fais brève et concise : je vais aller au centre des impôts, avec ou sans toi, pour tout leur expliquer, et ils se rendront vite compte de ma bonne foi.

– Oh ! Sans aucun doute, répond Roger, très calme, comme ménageant ses effets. Et je vais te raconter la suite : ils vont m'en mettre plein la gueule, et toi, tu prendras un an ferme.

– Et pourquoi ?

– Parce que tu es majeur et vacciné, et que nul n'est censé ignorer la loi. Certes, tu étais prête-nom, mais de ton plein gré. Et c'est répréhensible.

– Un an de taule ?

William serre le poing et avance son pied, s'apprêtant à terrasser le monstre. Roger remarque le mouvement et lève la main.

– Attends un peu avant de commettre un geste que tu pourrais regretter. Il y a une solution.

– Vas-y, je t'écoute.

– Un de mes très bons amis est inspecteur des impôts. Je vais l'appeler et tu vas aller le voir. Je suis sûr qu'il peut tout arranger.

– J’espère pour nous deux. Sinon…

– Sinon, on verra. Joue pas les durs quand t’as envie de chialer. T’as les foies d’aller en zonzon ? T’as raison. Et je n’en ai pas plus envie que toi. T’as déconné avec cette clôture de société, mais je vais arranger ça.

Il est trop fort. Mais plus aussi convaincant. William n’éprouve plus la moindre admiration pour ce père en carton. Ni même de crainte. D’ailleurs, il n’a pas moufté quand William a grossièrement transformé *Ciné Clap* en *Ciné Clip*. Jipé lui a soufflé un nouveau sous-titre : « Les arrière-cours de la grande boutique », promesse de révélations sur les coulisses du cinéma. Pas vraiment tenue, car le canard n’est encore qu’un fanzine amélioré, écrit par des journalistes en herbe et publié quand le stock du numéro précédent est écoulé. À intervalles très irréguliers, donc.

– J’aime beaucoup ton père, Walter, mais je ne vois pas bien ce qu’on peut faire, là…

L’inspecteur a ramené avec lui l’accent de sa Carcassonne natale. Il s’appelle Gabriel Cantero et sa stature est imposante. D’abord fébrile, William est liquéfié par l’aveu d’impuissance de celui qu’il croyait être son sauveur, et ne trouve rien d'autre à bredouiller qu'il se prénomme William, pas Walter. L'autre ne semble pas l'entendre, se triturant les méninges en tournant et retournant le commandement administratif, comme s'il allait trouver une solution écrite à l'encre sympathique.

– Si seulement tu dépendais de mon arrondissement, se lamente-t-il. Ah ! Mon pauvre Walter !

– C'est dommage, oui. Sinon, moi, c'est pas Walt…

– Tu parles qu'ils sont pas bêtes ! Ils t'ont envoyé le recommandé juste à temps. Dans trois semaines, il y avait prescription par rapport à la date de ta cessation d'activité. Encore un peu et hop ! Walter leur échappait !

– Mais pas William, hélas !

À cette phrase, Cantero regarde son interlocuteur d'un air perplexe.

– Pourquoi tu dis ça ?

– Parce que je m'appelle pas Walter, mais William.

– Tu déconnes ? Tu t'appelles William ? insiste-t-il, comme s'il venait de voir la Vierge.

– Oui. C'est marqué dessus, comme le Port-Salut.

– Eh ben non justement ! Ce n'est pas marqué dessus comme le Port-Salut ! Là-dessus, c'est indiqué Walter Carbonnier.

– Je ne vois pas ce que ça change. J'ai signé l'accusé de réception.

– Aucune importance ! Leur erreur est un vice de forme. Je vais te dicter une lettre que tu vas, toi aussi, envoyer en recommandé. Le temps qu'ils traitent le courrier et qu'ils se retournent, la prescription sera largement dépassée.

– C'est aussi simple que ça ?

– Aussi con, oui ! Il faut bien que les lenteurs administratives présentent quelques avantages. Bon, en revanche, ce serait pas mal que tu déménages et que tu passes sous les radars pendant quelque temps.

– C'est-à-dire ?

– Ben tu fais le mort, quoi. Pas de Sécu, pas de travail déclaré, rien.

– Mais pendant combien de temps ?

– Bah ! Disons trois ou quatre ans.

– Mais je fais comment pour vivre, moi ?

– Tu demandes à ton père. Il va t'aider, c'est sûr.

Sauf que William aimerait bien s'en passer, de « l'aide » de son « père ». Cinq ans qu'il fait tout pour. Et le revoilà à sa merci.

À une différence, cependant. Cette fois, c'est lui qui l'a mis dans la panade. Indubitablement. Il pourra essayer de noyer le poisson, de l'amadouer, rien n'y fera. Il doit assumer.

William ne s'en laisse donc pas conter. Comme prévu, Roger use de toute sa gamme rhétorique pour le culpabiliser, le ranger de son côté, l'effrayer… Rien n'y fait. Il n'a plus en face de lui un enfant soumis, mais un homme déterminé. Qui ne partira pas sans qu'il lui ait proposé une issue. À commencer par un logement. Et pas un retour au bercail. Hors de question de revenir à la case départ. Roger lui propose alors un studio qui lui sert d'adresse fiscale – et accessoirement de garçonnière. C'est bien, ça. Un bon début.

Évidemment, William devra lui payer un loyer. Un peu plus cher que celui de sa chambre de bonne. C'est moins bien, ça. D'autant que William lui rappelle ne plus pouvoir être déclaré.

– Tu peux toujours revenir travailler avec moi, suggère-t-il, tentant insidieusement de reprendre l'emprise qu'il sent lui échapper de jour en jour.

– Non merci. J'essayerai de m'en sortir avec mon journal.

– Ton journal ! Ton journal ! Mais il est voué à l'échec, ton journal ! Tu le sors tous les 36 du mois et ça te rapporte rien ! T'as même pas monté de société d'édition !

– J'ai créé une association.

– À but non lucratif, c'est sûr ! Et ben continue donc de t'enterrer avec ton journal. Et quand tu pourras plus payer le loyer, tu viendras me bouffer dans la main si tu veux pas dormir sous les ponts.

C'est vrai que William est un piètre gestionnaire. Il est passionné, courageux, plein de bonne volonté, mais il manque singulièrement de rigueur. Il a du mal à tenir les délais de paiement et, si *Ciné Clip* sort tous les deux ou trois mois entre avril et septembre, il devient semestriel dès les premiers frimas. La faute aussi à ses forces de vente, largement démotivées par la pluie, la neige, le froid. Les ventes s'amenuisent. Les dettes s'accumulent. Il met néanmoins un point d'honneur à payer une pension pour Louis (qu'il voit un week-end sur deux) et le loyer de Roger.

Dans sa galère, il a cependant deux appuis. Le premier est un exploitant de salles débonnaire, Jean-Pierre, séduit par la fougue de ce rédacteur en chef qui vend son journal dans les files d'attente. Entre deux séances, il l'invite régulièrement à dîner et, plutôt que le raisonner quant à son entreprise sympathique mais branlante, l'encourage à persévérer, certain qu'il en sortira forcément quelque chose de bon. Soit le discours paternel dont William rêvait. Assorti d'un chèque ici, d'un autre là, dons déguisés en investissements publicitaires pour une demi-page à l'effigie du cinéma…

Le deuxième n'est autre que François Boidin, son banquier. Monté en grade mais pas encore directeur, il fait le tampon avec sa hiérarchie et autorise des découverts ahurissants à son client débiteur. Pas moins de 30 000 francs dans le rouge, et pas un seul renvoi de chèque ! Le gars est une perle rare. Il faut dire que William n'est pas non plus un fauché ordinaire. Pas un jour où il n'appelle pas Boidin pour le tenir au courant de ce qui va rentrer ou pas sur son compte. En plus, tous les deux mois, ils déjeunent ensemble. Boidin, amusé et fasciné, écoute affres, petits bonheurs et projets en cours de son poulain. Mais son moment favori demeure la fin du repas, quand William, gonflé, sort son chéquier pour régler l'addition. Il le tance gentiment du regard et le prie de ranger son carnet qu'il n'est pas censé utiliser. Pas devant lui, en tout cas.

L'été revenu, les vendeurs affluent. Et les vendeuses. William a un petit crush pour l'une d'entre elles. Qui le lui rend bien. Comme elle est d'origine marseillaise, elle l'invite pour un long week-end dans les Calanques. Le séjour est délicieux. Une respiration dans un quotidien où William est tel l'homme de Vitruve, à courir aux projections, à motiver ses colporteurs, à les accompagner les uns sur les Champs-Élysées, les autres à Odéon et à Montparnasse, à faire les comptes, à écrire… Il est partout à la fois.

Et d'un coup, il se retrouve nulle part. De retour de Marseille, il ne peut rentrer chez lui. La serrure est changée et ses affaires sont dans un sac devant la porte.

« Un mois que tu n'as pas payé le loyer. Je t'avais prévenu. Appelle-moi. R. »

Et comment qu'il l'appelle !

La conversation est plus courte qu'il ne s'y attendait. En quelques mots, Roger lui confirme son congé et que, de toute façon, le studio est désormais occupé par Carole, baby-sitter de Sébastien devenue sa maîtresse. William est estomaqué : c'est lui qui a présenté ladite Carole à ses parents ! Une amie de lycée qui était en galère et cherchait un boulot.

– Donne à manger à un chien, il te chie dans la main, crache-t-il dans le combiné.

Sauf que là, c'est une chienne.

Il raccroche, dégoûté.

Il était un paria, le voilà maintenant officiellement SDF. Ce mec lui aura donc tout fait. William a le sentiment d'être arrivé au bout.

Il en a marre de tomber des nues à cause de lui.

Marre de toujours se retrouver à terre.

Marre de ses obstacles et coups tordus.

Il faudra bien que ça s'arrête.

C'est désormais une question de survie.

– 23 –

Le coucou, c'est lui. À force de faire son nid dans celui des autres, il a fini par s'installer au sein d'un arbre familial. Les parents, Pierre et Marjorie, sont journalistes politiques dans un quotidien. La fille, Junie, est journaliste de cinéma dans une radio. Il en est immédiatement tombé amoureux. Pas elle.

Quand Junie a vu William, elle l'a trouvé trop gauche, trop bruyant, trop immature. C'était au moment du Festival de Cannes, où le garçon allait alors pour la première fois. Armé de quelques exemplaires de *Ciné Clip* et de son fameux optimisme, il y descendait, sûr de lui, fanfaronnant déjà au bar du TGV où Junie eut une bien mauvaise première impression.

Arrivé sur la Croisette, il fit moins le malin. D'abord, à défaut d'accréditation, il décrocha après moult supplications un laissez-passer journalier qui ne lui donnait accès qu'aux hôtels et aux plages, pas aux salles. Ensuite, le plan prétendument gratuit pour loger dans un appartement, soufflé par un de ses vendeurs, se révéla foireux. Une idée lui traversa alors l'esprit : Alberto, le vieil Italien croisé dans son adolescence n'avait-il pas une pizzeria à Cannes ? Mais oui, bien sûr. Lui qui voulait le prendre sous son aile, il lui trouverait bien un paddock pour la nuit.

– Bonjour. Une personne ? l'accueillit un quinquagénaire au crâne dégarni et à l'accent truculeusement latin.

– Non, je voudrais voir Alberto.

– Qu'est-ce que vous lui voulez, à Alberto ? répondit l'homme, beaucoup moins truculent d'un coup.

– Voilà. C'est un vieil ami de mon père, je suis descendu pour le Festival de Cannes et mon plan hébergement est tombé à l'eau. Alors je me demandais s'il ne connaîtrait pas un hôtel pas cher, ou…

– On a enterré mon père il y a un mois, lâcha froidement l'autre.

Regard ahuri et apeuré du gaffeur, qui se voit alors au fond de la Méditerranée les pieds attachés à un bloc de ciment.

– Je suis désolé, bredouilla-t-il en prenant prudemment la direction de la porte.

– Attends ! Mon frère a un hôtel derrière la gare. Ce n'est pas le grand luxe, mais s'il a de la place, ça peut te dépanner. Tiens, je te note l'adresse. Je le préviens.

Ledit frère qui ressemblait à l'autre comme deux gouttes de chianti. À croire que le gars s'était déplacé à la vitesse du vent pour devenir hôtelier.

– Aïe ! Tu penses bien que je suis complet là, avec leur carnaval ! lui annonça le jumeau.

– Tant pis, je vais me débrouiller, répondit William, qui se voyait maintenant dormir à la belle étoile. C'était mieux que noyé. Toujours voir le verre à moitié plein.

– Comment il s'appelle, ton père ? le retint *in extremis* le patron.

– Roger Carbonnier.

– Tu sais quoi ? Reviens dans une demi-heure. J'aurai peut-être trouvé quelque chose. J'ai bien dit peut-être.

Trente minutes plus tard, changement de ton.

– Hey ! William ! s'exclama-t-il en le serrant contre lui, comme son père des années auparavant. Tiens, tu as la chambre 1. C'est la plus spacieuse.

– Mais vous n'étiez pas complet ?

– *Come sarebbe, completo* ? La personne, elle a annulé la réservation. Tout va bien ! Tu peux monter.

– Et pour le prix ?

– Allez, 50 francs, ça te va ?

Et comment, que ça lui allait ! C'était un tarif de principe, pour la forme. À l'évidence, le fils d'Alberto avait passé un ou deux coups de fil pour se renseigner sur ce Roger Carbonnier. Et William en conclut que le défunt était son débiteur. C'était bien la première fois que son père lui était utile. Et c'était sans doute la dernière.

William recroisa plusieurs fois Junie, qui lui posa la deuxième question rituelle du festivalier à un congénère – la première, « T'es arrivé quand ? », n'ayant pas lieu d'être puisqu'elle l'avait vu dans le train.

– Tu loges où ?

Le garçon lui raconta sa petite épopée, qui éveilla la curiosité de la journaliste, intriguée par cet autodidacte sorti de nulle part.

De nulle part, en effet. Au point de ne pas avoir d'adresse fixe à Paris. Le SDF ne s'en plaignait pas. Il ne manquait pas de ressources. Nathalie, son amie du lycée, lui prêta son canapé. Puis ce fut Étienne. Il campa également – et littéralement – chez une vendeuse du journal, qui dormait dans une tente installée sur du faux gazon au milieu de son studio. Et il atterrit enfin chez Antinéa, dont le père, avant d'être fan de *L'Atlantide* de Pierre Benoit, était un homme d'affaires assez riche pour payer à sa fille un trois pièces flambant neuf. Antinéa, inscrite aux Beaux-Arts et colporteuse éphémère de *Ciné Clip*, transforma une chambre en atelier, s'accapara l'autre et installa William dans le salon, heureuse d'avoir de la compagnie.

C'est durant cette période que sa relation avec Junie se concrétisa. Jusqu'au jour où elle lui proposa de partager l'étage du pavillon de ses parents. Ces derniers et la jeune femme apprirent à William la rigueur journalistique, l'épaulèrent dans la création d'une SARL presse (après trois ans de black-out administratif, il pouvait bien repasser devant les radars) et firent de *Ciné Clip* une revue presque digne de ce nom. Ils le recadrèrent également vis-à-vis de Louis. Il aimait profondément son fils, mais ne se montrait pas souvent à la hauteur de cette affection. Le gamin, de plus en plus instable, poussait comme un arbuste sauvage entre une Carène qui avait déjà changé deux fois de conjoint et un père qui le faisait passer après son magazine.

Lequel, de magazine, finit par péricliter malgré tous les efforts de son créateur et de ses soutiens. Rattrapé par un déficit de plus en plus lourd, William déposa le bilan la mort dans l'âme. Avec toutefois, fidèle à lui-même, une petite lueur d'espoir, persuadé que la fin d'une aventure marque le début d'une autre.

Il n'a pas tort.

Thomas, un ami de Junie devenu également le sien, l'invite à proposer des articles au magazine dans lequel il travaille. *Première*, rien de moins. William y croit à peine. Et pourtant, il décroche des piges. Pas de quoi payer un loyer, mais c'est un bon début.

Et puis, en parallèle, un éditeur vidéo le contacte sur les bons conseils de Jipé. Celui-ci prévient William qu'il s'agit d'un petit boulot complémentaire : assurer les relations publiques d'une grosse marque de VHS qui va s'implanter en France.

L'éditeur l'attend dans un café, une grosse mallette en aluminium à ses pieds.

– On est d'accord que c'est *private*, hein ! dit-il avec un air de conspirateur.

– Pas de problème, ne vous inquiétez pas, lui répond William, qui entrevoit déjà un salaire supplémentaire. Avec moi, vous êtes tranquille.

– C'est sûr, hein ? Ça ne vous dérange pas ?

– Non, je vous promets. Si vous me dites que c'est *private*, je respecte, dit William, reprenant le mot anglais pour convaincre l'autre de sa connivence.

– Dans ce cas…

Le gars pose alors la mallette sur la table et l'ouvre. À l'intérieur, des dizaines de jaquettes pornos estampillées *Private*. William, qui ne veut pas perdre la face, fait un effort surhumain pour ne pas écarquiller les yeux.

– *Private*, oui, dit-il, stoïque.

Et de se retrouver chargé de promouvoir ce leader mondial du X décidé à conquérir l'Hexagone… Il n'y a pas de sot métier.

– Mon fils dans le porno ! se lamente Danièle quand elle apprend la nouvelle. On aura tout vu !

– Un excellent film avec Pierre Richard, On aura tout vu ! Et sur le milieu du porno en plus ! rigole William.

– Eh ben, petit con, là, tu m'épates, lui dit Patrick. T'as peut-être trouvé le boulot idéal.

– Ce n'est pas mon boulot, répond le demi-frère, assombri. C'est un job provisoire. Je suis journaliste avant tout. Et puis, maman, arrête de faire cette tête. Je ne suis pas hardeur ! Je suis juste chargé de préparer des dossiers de presse et d'envoyer des cassettes.

Roger ne dit rien. Il fait mine de s'intéresser au journal télévisé qui diffuse les images des puits de pétrole irakiens enflammés par les troupes de Saddam Hussein. En réalité, il observe du coin de l'œil Junie, collée amoureusement à William. Il n'aime pas cette femme. Trop de caractère. Trop d'influence sur son souffre-douleur d'antan. Grâce à elle, William a pris son envol. Et puis il sait qu'elle sait. William lui a forcément tout raconté. Vu comment elle le toise chaque fois qu'elle vient chez lui, il n'a aucun doute sur le peu d'estime qu'elle lui porte.

– Quelle bande d'enculés, ces Arabes, tout de même, lance-t-il, conscient de heurter son invitée, au fait de la politique étrangère grâce à ses parents.

– Ce n'est pas aussi simple, répond-elle distraitement.

– Comment ça, ce n'est pas aussi simple ? s'emporte Patrick. Tu ne vas pas les défendre, quand même ?

– Je ne défends pas Saddam Hussein, je dis juste qu'il faut avoir une vision globale du sujet et ne pas céder au bourrage de crâne médiatique.

– Putain ! C'est pas croyable ! C'est là, devant toi, l'autre est en train de chier à la face du monde et tu dis que c'est du bourrage de crâne ? T'as de la merde dans les yeux ou quoi ?

Roger est ravi. Il savait que Patrick embrayerait instantanément, et que Junie emboîterait le pas à son émule bas de plafond. Le ton monte rapidement. Et les noms d'oiseaux commencent à voler.

– Oh ! Patrick ! intervient William. Calme-toi !

– Mais, toi, ta gueule ! Même pas foutu de tenir ta meuf !

– Ça veut dire quoi, ça ? demande Junie, glaciale.

– Qu'à force de trop ouvrir ta grande bouche, un de tes Arabes chéris y fourrera un truc dont t'auras pas forcément envie !

Junie et William se lèvent en même temps.

– Maman, je suis désolé, mais là, on va y aller, s'excuse William. Je vais embrasser Sébastien.

En se dirigeant vers la chambre de son petit frère, il heurte le mur du couloir, violemment bousculé par Patrick.

– C'est ça, casse-toi ! Lopette, va !

Ce n'est pas l'insulte qui met William hors de ses gonds. C'est le côté déjà-vu de cette situation, avec la même absence de réaction de ses parents. Transfiguré par la haine accumulée durant toutes ces années, William se jette sur son frère ennemi.

Il est déchaîné, enchaîne coups de pied et coups de poing avec une rage disproportionnée. Junie, en larmes, finit par arriver à le maîtriser et à le tirer vers elle. Patrick est à terre, le visage en lambeaux et les côtes sans doute en vrac. Comme par le passé, Sébastien se tient debout au fond du couloir, mais cette fois, il ne pleure pas. La bouille triste, il agite juste la main pour dire au revoir au couple qui s'en va, chancelant.

– Calme-toi, c'est fini, susurre Junie à l'oreille de William.

Juste avant de fermer la porte, il regarde Roger, toujours sur son canapé, l'air satisfait.

– Oui, c'est fini, répond William d'une voix neutre.

– 24 –

– Tu es sûr de vouloir lire ça ? demande Dominique.

– Pourquoi je serais venu sinon ? répond William. Allez, donne.

Son ami de jeunesse est finalement devenu commissaire. Bac + 5, concours, stages, titularisation... Il a bossé comme un dingue et a carrément supplanté son père. Qui n'est pas peu fier de son fils. C'est beau quand ça marche dans ce sens. Le fils respectueux, le père aimant. C'est beau et c'est normal. C'est dans l'ordre des choses.

Pour William, c'est un fantasme. Et comme souvent avec un fantasme, il restera inassouvi. Roger ne sera jamais le père qu'il espérait et lui ne sera jamais un magnifique salaud. Tant pis. Ils s'en remettront. Il n'y a pas mort d'homme. Juste un blessé. Estropié des sentiments. Handicapé affectif. Attention aux dommages collatéraux.

C'est la théorie des dominos. Si l'un tombe, tout l'édifice s'écroule. Et William, qui croit être devenu un roc, n'est qu'un château de cartes. Pour mieux échapper à ses doutes, à ses peurs, à ses manques, il les a planqués sous le tapis, avec la poussière. Avant de foncer, tête baissée, dans son métier et sa passion, peuplés de scénarios et de chimères. Seulement vient le jour du grand ménage – parce qu'il faut bien finir par le faire. Et William a choisi ce mois de novembre 1993 pour faire son nettoyage de printemps. Alain Souchon se demande alors si l'amour passe à la machine. William, lui, se demande quelles sont ses couleurs d'origine.

Il est là, dans un recoin du 36, quai des Orfèvres, pour se plonger dans un passé qu'il redoute et en exorciser les saloperies qu'on lui cache depuis toujours. Savoir pour affronter. Savoir pour avancer.

Et arrêter l'engrenage. Sortir d'un cercle vicieux. Sauver Louis.

Car Louis va mal.

Quand un enfant de sept ans fracasse la tête de son camarade avec une petite chaise, c'est que quelque chose cloche. Là-dessus, la directrice de l'école et l'institutrice se sont montrées formelles. Et les mines effondrées de Carène et William n'y ont rien changé. Les deux femmes les accusaient durement du regard. Louis était moins responsable qu'eux. Pourtant, on les avait bien prévenus, l'année précédente. Le gamin était déjà très agressif, asocial, indiscipliné.

– Votre enfant est un écorché, a dit la directrice.

– Il souffre d'un manque d'attention, peut-être même d'amour, a ajouté l'institutrice.

– Mais elles vont se calmer, les inquisitrices ! s'est révoltée Carène. Qu'est-ce que vous croyez ? Je passe ma vie à lui dire que je l'aime.

C'est là que William a commencé à comprendre.

C'était si simple. Si évident. Il aimait son fils, mais ne le lui disait jamais. Il le prenait avec lui, mais ne s'en occupait pas. Il le voyait, mais ne lui prêtait pas attention. Il ne péchait pas consciemment, mais par défaut. Parce qu'il n'avait pas de référent. Parce qu'il n'avait pas connu cela. Ou si, à son âge justement. Mais il avait oublié. Ou plutôt, on avait enterré ses souvenirs sous des pelletées de vacheries et de malveillance. Une réminiscence s'imposait.

Il appela Amalia et lui raconta les exactions de Louis. Au fil du récit, il fondit en larmes.

– Amène-le-moi, lui dit-elle, réconfortante.

– Non, tu es trop fatiguée. Seule, c'est beaucoup de…

– Justement, c'est parce que je suis seule que je serai ravie de l'accueillir. Confie-le-moi une semaine. Ça nous fera du bien, à lui et à moi.

Elle n'avait pas souvent vu son « petit-fils ». Elle le trouva grandi, malgré de jolies petites joues de poupon qui refusaient de disparaître. Avant de partir, William le serra dans ses bras et lui promit qu'il reviendrait vite. Louis parut désarçonné par cette inhabituelle effusion de tendresse. De toute façon, il ne comprenait plus rien. Depuis sa bêtise monumentale, son père se montrait aux petits soins pour lui. Cela dit, le laisser là, en pleine campagne avec une vieille dame, ça ressemblait fort à une mise à l'écart, voire à une punition.

Pourtant, il ne s'ennuya pas. Amalia lui avait montré le coffre à jouets de Michel, rangé dans le grenier. Pendant qu'il jouait, elle lui mitonnait d'excellents repas. À table, elle lui racontait la jeunesse de William. Son arrivée chez elle, son aversion pour le fromage, sa colère avec le saladier, sa passion pour la télé, ses batailles de petits soldats… Louis l'écoutait, passionné. Et puis ils se promenaient. Pas bien loin, car Amalia était affaiblie par l'âge. Quand elle rentrait, elle devait s'asseoir une bonne demi-heure pour reprendre des forces et préparer le dîner.

C'est vers 20 heures qu'il l'a découverte dans la cuisine, la face sur le carrelage, inerte. Affamé, il était descendu voir où en était le repas, d'habitude servi plus tôt. Il courut chez la voisine, dont la maison était collée à celle d'Amalia, et tambourina à la porte. Dix minutes plus tard, les pompiers étaient là. Le Samu suivait. William et Junie déboulèrent à l'hôpital deux heures après. C'était fini. Infarctus du myocarde. William récupéra Louis, resté chez la voisine.

– C'est de ma faute ? demanda l'enfant dans la voiture.

– Non, mon chéri, répondit William avec une douceur infinie. C'est de la mienne. C'est de la faute de papa.

– Arrête, lui souffla Junie en lui posant la main sur la cuisse. Tu n'y es pour rien, tu le sais.

– Si, indirectement, répondit-il à voix basse. C'est une réaction en chaîne. Je la savais épuisée. Lui confier Louis, c'était de la folie. S'il n'y avait pas eu ce drame à l'école, il n'y aurait pas eu ce séjour à la campagne. Et ce qui s'est passé avec Louis, c'est à cause d'une attitude paternelle déplorable. Et cette attitude déplorable, tu sais aussi bien que moi d'où je la tiens. Dès demain, je fais les comptes et je tire un trait.

Il a donc appelé Dominique pour consulter le dossier de Roger Carbonnier.

– Tu as regardé ? lui demande-t-il avant d'ouvrir la chemise.

– Non, mais aux archives, un vieux de la vieille m'a briefé. C'est pas terrible, William. C'est pour ça que je ne suis pas sûr que ce soit une super idée de…

– Laisse-moi, s'il te plaît. Je t'appellerai quand j'aurai fini.

Les procès-verbaux sont jaunis mais clairs comme de l'eau de roche. Roger Carbonnier a été arrêté en 1974 pour proxénétisme. Malgré le témoignage à décharge de Danièle Mengelat et Josette Andrieux dite « Josy », il écopa de douze mois de prison dont trois ferme, libéré avec interdiction de séjour sur Paris.

– Dominique ! appelle William.

– Oui ?

– J'ai fini. Mais dis-moi, ton vieux de la vieille…

– Il est là, le coupe son ami. Je me doutais bien que tu voudrais en savoir plus. Quitte à te faire du mal, autant aller jusqu'au bout, hein ! Bouge pas, il arrive.

Le sexagénaire à l'air bourru s'assoit en face de William.

– Tous les anciens se souviennent de Carbonnier, raconte-t-il derechef. Pas pour son passé de maquereau minable, mais parce qu'il nous a niqué l'arrestation d'Alberto Allosi, un plus gros poisson qu'on pouvait enchrister pour meurtre. Carbonnier et sa greluche lui ont fourni un alibi en béton. Dieu sait qu'on les a cuisinés, ces deux-là, mais on n'a jamais pu les casser.

– Et la greluche, c'était Danièle ou Josy ?

– Danièle, voilà, c'est ça ! Je me souvenais plus de son prénom. C'était sa régulière. Il l'a même épousée. Mais mes collègues ont continué de les surveiller de près. Vous pensez qu'ils leur en voulaient ! Ils s'étaient acheté une conduite, ils étaient devenus commerçants, mais on est sûr que Carbonnier continuait à la faire tapiner en dehors des heures d'ouverture. Hélas, on n'a jamais réussi à les serrer. Z'étaient malins, les deux ! Mais si vous voulez mon avis, pas de quoi faire un film sur eux ! C'est plutôt banal, leur histoire. Je vois pas qui vous allez intéresser avec ça.

– Ce n'est pas vraiment le sujet, répond William, qui a compris comment Dominique avait convaincu le vieux de lui parler. Merci, en tout cas, pour ces précieux renseignements.

Comme après un repas chargé, William savoure une cigarette et digère, assis sur un banc en bord de Seine.

– Ça va ? s'enquiert Dominique, qui l'a accompagné.

– Je ne sais pas. T'apprends que ta mère était une pute, que tu ne sauras jamais qui est ton père, et que celui qui s'est fait passer pour tel en te filant son nom est un proxo… Tu irais comment, toi ?

– Mal, je suppose.

– Eh bien t'as tort. Moi, je vais bien.

– Pourquoi ? Tu t'attendais à pire ?

– Non. Mais maintenant, je comprends tout. Je ne suis plus dans le noir. Et surtout, je vais pouvoir m'expliquer avec qui de droit.

– Tu ne vas pas faire une connerie, au moins ?

– Au contraire ! Je vais enfin reprendre la main. Et en la tendant, figure-toi !

William a donné rendez-vous à Roger au bar du Ritz. Plus élégant qu'un vulgaire café. Plus neutre que chez l'un ou chez l'autre. Le convoqué est intrigué. Plus de deux ans qu'il n'a pas eu de nouvelles de son « fils »…

– T'as changé de standing, dit-il en s'asseyant, admirant les ors du palace.

– Je ne voulais pas que nos retrouvailles aient lieu n'importe où.

– Ça y est, tu n'es plus fâché contre moi ? Parce que je sais que t'appelles ta mère de temps en temps, elle me l'a dit.

– Je ne m'en cachais pas. Et pour répondre à ta question, sache que non, je ne suis plus fâché. Plus en colère. Plus rien.

– Eh ben voilà ! Je savais bien que…

– Attends, attends ! Je vais t'expliquer.

Et William de déballer tout ce qu'il a appris. Sans haine. Sans hausser le ton. Il est calme. Mieux, il est serein. Amène. Assure qu'il n'est ni dans le jugement, ni dans le ressentiment. Qu'il veut juste une explication, un mea-culpa, qu'après ils n'en parleront plus et prendront un nouveau départ.

– Mais pour qui tu te prends, s'énerve Roger, avec tes airs supérieurs de grand seigneur ? Tu veux me pardonner, c'est ça ? Mais t'as rien à me pardonner, parce qu'un enfant n'a pas à juger ses parents ! Non mais c'est quoi, ce bordel ?!

– Ce bordel, c'est toi qui l'as mis. Et pour le bien de mon fils, je nettoie, je fais place nette. Alors je vais te le demander une dernière fois : soit tu assumes toute cette merde en m'en parlant et après on tire la chasse, soit tu te braques comme tu le fais maintenant et on arrête là, définitivement.

– Mais je t'emmerde, petit con…

Il n'a pas le temps d'enchaîner une autre insulte que William est déjà levé. D'un calme olympien, il fait signe à un serveur, lui glisse un billet et s'en va sans même jeter un regard à l'autre.

Il a tiré le rideau. Pour de bon.

Il aurait été agréablement étonné d'une réaction, sinon empreinte de repentance, au moins contrite.

Tant pis. Là non plus, il n'y a pas mort d'homme.
Ni même de blessé.
Il y a un survivant.
Qui ne survivra plus, mais vivra.
Enfin.

Épilogue

Pour moi, rien n'était grave. D'aucuns voyaient dans mon insouciance au mieux du détachement, au pire du je-m'en-foutisme, c'était plus une philosophie de vie. Une manière de me protéger. Et puis une manière de profiter du meilleur, maintenant que le pire était passé. Petit à petit, Louis s'était adouci. Il avait de bonnes notes au collège et traversait une adolescence sans encombre. La fameuse crise redoutée et redoutable, il l'avait faite à sept ans, finalement.

On venait de fêter le passage à l'an 2000. J'étais déçu. Certains scénaristes nous avaient promis des voitures volantes et des cités spatiales, d'autres, plus pessimistes, avaient prédit la transformation de Manhattan en prison fédérale. Et puis, au bout du compte, il n'y avait guère, comme réelle révolution, qu'Internet et le téléphone portable. C'était déjà pas mal. En attendant mieux, le métro restait bondé aux heures de pointe. Et on trouvait toujours le moyen de m'appeler quand j'y étais coincé, obligé de bousculer mon voisin pour décrocher.

– William ? Tu as fini le premier épisode ? Ce serait bien qu'on avance !

C'était Marc, un producteur qui m'avait proposé d'écrire un programme court sur les critiques de cinéma dont je faisais encore partie.

– Oui, mais si tu veux bien, je te rappelle dans une petite heure.

– D'accord, mais n'oublie pas, parce que ce serait con de passer à côté de cette opportunité. Tu sais, j'ai rencontré le directeur des programmes de…

– Marc ! Marc ! Écoute, je te rappelle sans faute, mais là, il faut que je raccroche. J'arrive à Père-Lachaise. Je dois me dépêcher.

– Père-Lachaise ? Tu vas à un enterrement ou quoi ?

– Oui. Celui de mon père.

– Oh ! Pardon ! Je ne savais…

– Non, mais ne t'affole pas. C'est pas grave, je te jure.

– C'est pas grave ?! Ton père est mort et c'est pas grave ?!

Non. Rien n'était grave. Et sûrement pas ça. Pour moi, il était mort dans le hall du Ritz. Là, ce n'était qu'une formalité à laquelle je me rendais pour soutenir Sébastien, très affecté. Ma mère non plus n'en avait rien à battre. Elle l'avait quitté quatre ans plus tôt. Ce fut à partir de là que j'acceptai de reprendre contact avec elle. Je trouvais extrêmement courageux de sa part de refaire sa vie à cinquante ans. Elle repartit à zéro et s'installa avec Sébastien dans un petit deux pièces. Roger la menaça, lui envoya même Patrick pour l'intimider. Ce crétin avait plus d'empathie pour *l'autre* que pour sa propre mère ! Elle résista vaillamment. Elle passa avec brio le concours de chauffeur de taxi. Elle était devenue incollable sur les quelque 6 000 avenues, rues, voies et impasses parisiennes. À l'enterrement, on se mit côte à côte. Presque collés. On se souriait, tandis que les autres tiraient des tronches de vingt pieds de long. Sans se parler, on savait qu'on pensait à la même chose. Roger Carbonnier était mort seul et sans un sou dans sa garçonnière. À l'exception de Patrick et de Sébastien, qui lui gardait toute son affection, tout le monde s'était détourné de lui. Je ne m'en réjouissais pas. Mais je n'en éprouvais aucune peine. Patricia, elle, sauta de joie quand je lui appris la nouvelle. Elle était mariée et avait deux enfants. J'étais le parrain de son aîné. Je n'avais plus trop de contact avec Michel. Il avait déménagé pour s'installer en Vendée. J'avais quitté Junie depuis trois ans. Sans heurts. Elle a un peu pleuré. Rien de grave. Comme le reste. Et puis je rencontrai Madeleine. Un an après, nous décidions de vivre ensemble. Elle arriva au bon moment, Madeleine. Je n'étais plus un adulescent. J'avais serré mes chances. J'avais connu l'amour avec Amalia. J'avais appris la douleur avec Roger. J'avais grandi avec Junie.

Et j'étais toujours optimiste. Plus que jamais.

Composition et mise en pages
PCA 44400 Rezé

Imprimé en Espagne
Dépôt légal : mai 2015
N°d'impression : 01
ISBN : 978-2-7499-2385-7
LAF 1913